Franz Hohler

Da, wo ich wohne

Januar 94

Franz Hohler

Da, wo ich wohne

Luchterhand
Literaturverlag

1. Auflage März 1993
2. Auflage August 1993
Lektorat: Klaus Siblewski

Umschlagfoto: Christian Altorfer
Satz: type team GmbH, Hamburg
Druck: Ebner Ulm
Gedruckt auf »Alster Werkdruck«
holzfrei, geglättet, chlorfrei,
pH-neutral, alterungsbeständig
Steinbeis Temming Papier GmbH, Glückstadt
Printed in Germany
ISBN 3-630-86809-6

Da, wo ich wohne

Kulturlandschaft

Gestern habe ich abends um elf Uhr meine Eltern zum Bahnhof Zürich-Oerlikon begleitet.

Meine Frau kam auch mit, und auf dem Heimweg gingen wir über den Marktplatz, damit unser Hund noch ein bißchen rennen konnte.

Direkt neben dem Marktplatz erhebt sich das Hotel International, ein gut zwanzigstöckiges Hochhaus, wo sich jeweils ganze Flugcrews in die Joint Venture-Betten von swissair und Nestlé sinken lassen. Am Mittwoch und Samstag, wenn Markt ist in Oerlikon, vergißt man das Hotel fast, nur manchmal, wenn man den Blick vom Bio-Stand in die Höhe erhebt, merkt man, daß all die naturnahen Rüben, Selleries und Nüßlisalate im Schatten dieses Betonturmes feilgeboten werden.

Neben der ersten Säule des Hotelvordaches aber schob sich gestern abend die Schnauze eines seltsamen Fahrzeuges vor, und nähertretend sahen wir, daß es sich um eine Schneeplanierraupe aus Fiesch handelte, die den fröhlichen Namen Pisten-Bully trägt und jetzt gutmütig und anbiedernd auf dem Asphalt von Oerlikon stand, schneefrei und sinnlos. Nach einigen weiteren Schritten stießen wir auf eine Gondel der Drahtseilbahn Fiesch-Eggishorn, die nicht ihrer Bestimmung gemäß in der Luft schwebte, schon gar nicht in der Luft zwischen Fiesch und dem Eggishorn, sondern die einfach auf dem Hotelvorplatz stand, wie ein gestrandetes Schiff. Als Passagiere hatte sie drei Schaufensterpuppen in Wintersportbekleidung geladen, welche mit rätselhaftem Lächeln durch die Scheiben auf die leere Straße blickten.

Spätestens hier wurde mir klar, daß das kein Zufall sein konnte, ich schaute suchend nach oben, und siehe, da war das sinngebende Transparent, aufgespannt zwischen zwei hotelvordachtragenden Säulen: »Auf du und du mit dem Wallis«.

Da waren offenbar, und das mußte mir entgangen sein, Walliser Wochen am Laufen, wahrscheinlich gab es im Restaurant Raclette und Fondue mit Walliser Weinen, und daneben stand noch als drittes kulturelles Lockstück ein Saurer-Diesel-Lastwagen, der eben noch neu gewesen war, als ich eben noch jung war, mit einem gewaltigen Auspuffrohr, welches, durch ein Gitter geschützt, hinter der Führerkabine in die Höhe stieg, und auf der Plache des Lastwagens stand geschrieben: PROVINS VALAIS, und als Verzierung ein Walliser Wappen, das rotweiße mit den vielen Sternen drauf.

Das also ist die optische Abkürzung für den größten Schweizer Bergkanton:

1 Pistenfahrzeug, 1 Seilbahngondel, 1 Lastwagen.

Als ich nach Hause kam, räumte ich noch ein paar Zeitungen auf, darunter das Reklameblatt einer Einkaufskette, auf dem zuoberst stand:

»Super Hit! 1 Million Mödeli Kochbutter.«

1 Mödeli wiegt 250 g, und statt 3 Franken 40 kostet es nur 2 Franken 65.

»Beschränkung auf Haushaltmengen« steht dabei. Das Hotel International, das übrigens neuerdings mit »Swissôtel« angeschrieben ist, könnte also keinen asiatischen Küchenburschen schicken, der z. B. 1000 solcher Mödeli aufs mal kaufen würde, denn die Verkäuferin würde augenblicklich merken, daß es sich hier nicht um eine Haushaltmenge handeln kann, sondern um eine Hotelmenge, und wenn sie so etwas zuließe, dann wäre sie ihre Million Mödeli rasch los, bei all den Walliser Spezialitäten, die in Schweizer Hotels von asiatischen Küchenburschen zubereitet werden.

Absturz-City

Am Bucheggplatz fährt das Tram Nr. 11 ein, und während sich seine Türen öffnen, fährt der Bus Nr. 32 ab. Fahrplan ist Fahrplan. Als der Bus gleich darauf vor der Ampel halten muß, rennt ihm ein junger Mann hinterher und drückt mehrmals, aber vergeblich auf den Öffnungsknopf, offenbar ist er noch neu in Zürich.

Mit dem nächsten Bus fahre ich zum Helvetiaplatz und begebe mich zum Volkshaus. Im Vorbeigehen sehe ich ein Abstimmungsresultat: Die Parterrefenster des Kanzleischulhauses sind mit Brettern vernagelt, ebenso die hohen Fenster der Kanzleiturnhalle, die Pyramide auf dem Rasen steht noch, wahrscheinlich ist es schwieriger, Pyramiden zuzunageln.

Im Volkshaus findet eine Veranstaltung der Grünen über die Drogenpolitik statt, im Gelben Saal, während im Blauen Saal eine Verkaufsausstellung von Haushaltseinrichtungen im

Gange ist, die vor allem von italienischen Paaren besucht wird, man kann sich hier komplette Aussteuern zusammenkaufen.

Vorn am Tisch sprechen verschiedene Leute, die mit Drogen zu tun haben. Alle sind vertreten, außer den Drogensüchtigen, die haben genug zu tun derzeit. Am Mittwoch ist der Platzspitz geschlossen worden, und ab jetzt soll die Bildung einer neuen offenen Drogenszene verhindert werden, die Zwischenbilanz, so Stadtrat Neukomm im »Tages-Anzeiger«, sei eher positiv. Ein Referent zitiert eine Aussage des Zürcher Polizeikommandanten von 1983, mit der dieser das damalige Konzept umschrieb: »Wo immer sich eine Szene bildet, kreuzen wir auf.«

Eine Mutter erzählt von der Schwierigkeit im Umgang mit Behörden und erwähnt, daß ihre Tochter im Verlauf ihrer dreijährigen Drogenkarriere mit 51 verschiedenen Amtspersonen in Kontakt kam. Warum wir eigentlich nicht sehen wollen, daß der Selbstzerstörungsprozeß eines jungen Menschen nur ein Spiegelbild dessen sei, was die Menschheit als ganzes tue, fragt eine andere Frau. Es gibt zu wenig Langzeittherapieplätze, es gibt zu wenig niederschwellige Therapieplätze (was für ein Wort), es gibt zuviel Repression, und es gibt keine Sicherheit. Eine Mutter erzählt von ihrem Sohn, der nach einer dreijährigen Therapie wieder abstürzte und an einer Überdosis Rohypnol starb.

Ein Drittel aller Strafgefangenen in der Schweiz sitzen wegen Drogen. Die Hälfte aller Diebstähle in Zürich passieren wegen Drogen. Der Stadtratskandidat sagt, man sollte die Kontakt- und Anlaufstellen in Fixerräume umwandeln, einer, der in einer solchen Stelle arbeitet, verwirft die Hände und sagt, nur das nicht. Alle sind sich einig, daß Drogen legalisiert werden sollten, alle wissen, daß das zur Zeit nicht möglich ist. Niemand weiß, was tun.

Später gehe ich zum ehemaligen Platzspitz. Die Insel ist gesperrt, man will sie entseuchen, der Boden muß reanimiert werden, aber dann könne z. B. sommers Kleintheater gespielt werden, schlägt der Gartenbauamtschef vor. Doch jetzt ist Winter, die Insulaner sind alle noch da, verzweifelt schwimmen sie um ihre Insel herum und werden von der allgegenwärtigen Seuchenpolizei am Schwimmen gehindert. Die weiß, was tun. Kontrollen, Kontrollen, Kontrollen, Uniform, Zivil, Jacken, auf denen hinten »POLIZEI« steht, graue Kastenwagen, orange Kastenwagen, weiße Kastenwagen, zivile Wagen, langsam durch enge Straßen fahrend, aus schmalen Einfahrten herausdrängend, kreisend über Kieswege eines Parkrondells, wer im Park sitzt, verschwindet flink und schattenhaft, einer schafft es nicht, wollte sich einen Schuß präparieren, schon ist er umringt von einer Sechsermannschaft, muß aufstehen, sich ausweisen, sein Zeug abgeben, wird durchsucht. Neben mir steht ein junger Mann auf der Traminsel, schaut hinüber, wie ich, und sagt, recht so, aufräumen müsse man mit dem Mist. Als ich ihn frage, ob er aus Olten komme, erschrickt er, traut mir nicht mehr und steigt ins nächste Tram. Ich habe ihn am Dialekt erkannt, den Katastrophentouristen.

Gespenstisch belebt die Straßen, die in die Limmatstraße einmünden. Hier gibt es Hinterhöfe, Ecken und Nischen, in denen Süchtige in einem ruhigen Moment zu fixen versuchen, hinter einem Mauervorsprung liegt eine schmutzige Matratze am Boden, von der soeben zwei Menschen aufgestanden sind und sich langsam unter die Gehenden mischen, die die ganze Straße ausfüllen.

Plötzlich stehe ich vor einem Gebäude, das mit »Kunsthaus Oerlikon« angeschrieben ist und will hineingehen. Es ist geschlossen, aber nach einer Weile wird mir geöffnet. Ich trete ein, ein kahler Raum, Fabrik oder Lager einstmals, und darin Bilder, an der Wand hängend oder am Boden gegen die Wand gelehnt, lauter Gesichter, verzweifelte, depressive, wütende, traurige, unglückliche, einer setzt sich eine Spritze in die Wange. Er porträtiere Drogenabhängige, sagt der türkische Maler, der in diesem Raum arbeitet. Die ganze Welt von draußen findet sich hier nochmals, mit dem Rücken zur Wand. Er verstehe das alles nicht, sagt der Maler, vorhin habe er gesehen, wie sie einem die Spritze aus der Vene gerissen hätten, daß ihm das Blut über den ganzen Arm gelaufen sei.

Später läute ich bei einem Freund an der Heinrichstraße, er ist nicht da, aber seine Frau und ihre Tochter, ich trinke einen Kaffee, bekomme auch ein Sandwich, werde aufgepäppelt wie einer, der Suppenhilfe braucht, dabei bin ich unversehrt, unabhängig, ungeschoren, Zuschauer.

Es ist Samstagabend; während die uniformierten Familienväter ihre Überstunden absolvieren, um die Bildung einer Szene auch 1992 zu verhindern, will ich ins Kino. Im Niederdorf schwankt ein junges Mädchen mit geröteten Wangen auf mich zu und fragt mich, ob ich ein bißchen Münz habe, ich frage sie, warum es nicht mehr gehe, erfahre aber nichts als Absturz und uf de Gass, und als ich mein Portemonnaie öffne, sehe ich, daß ich nur noch eine Hunderternote und etwas Münz habe, also gebe ich ihr mein restliches Münz. Sie ist perplex, so hatte sie es nicht gemeint. Besser wäre wohl gewesen, ich hätte sie zu einem Kaffee und einem Gespräch eingeladen, wie die Drogenärztin heute nachmittag empfahl. Es ist überraschend einfach, das Bessere nicht zu tun.

Ich kaufe ein Kinobillett und gehe noch eine Stunde in ein alternatives Lokal, in dem mich ein älterer Langhaariger unablässig von einem entfernten Tisch herüber angrinst, während ich die Informationsschriften des Elternvereins der Drogenabhängigen lese.

Dann gehe ich mir den Film anschauen, er wurde, wenn ich mich recht erinnere, schlecht besprochen, aber ich glaube keinem Filmkritiker, die sind alle neidisch, weil sie selbst keine Filme drehen können, und der Film berührt mich, stark ist er, eindringlich und deprimierend, er zeigt, wie in einer fleißigen und idyllischen schweizerischen Kleinstadt vor 200 Jahren eine Frau zur Hexe gemacht und durch einen Ratsbeschluß zum Tode verurteilt wurde, mit 32 zu 30 Stimmen, demokratisch also.

Information

»Gibt es die Rede, die Dürrenmatt für Havel hielt, in einem Buch?« fragte ich die junge Buchhändlerin.

Sie wußte es nicht, ging zum Computer und tippte »Dürrenmatt« ein und dann »Havel«. Auf dem Bildschirm erschien nach kürzester Zeit der Satz »Suche beendet«, und sonst nichts.

»Nein, leider nicht«, sagte die Buchhändlerin.

»Sind Sie sicher?« fragte ich, leicht verärgert, denn mir war, als sähe ich vor meinem inneren Auge einen schmalen schwarzen Band. »Die Rede hieß ›Die Schweiz als Gefängnis‹ oder ›Die Schweiz ein Gefängnis‹« fügte ich mit dem Nachdruck des Besserwissers hinzu.

Die Buchhändlerin tippte nochmals »Dürrenmatt« ein, und dazu »Schweiz«, und als der Computer gleich darauf »Suche beendet« meldete, versuchte sie es mit der Paarung »Dürrenmatt« und »Gefängnis«, und wieder zeigte der

Computer an, daß keine solche Kombination auf dem Buchmarkt existiere und daß er seine Suche hiermit definitiv beendet habe.

Als ich den Laden resigniert verlassen wollte, legte mir der ältere Buchhändler das gesuchte Buch auf den Tisch. Es war ein schmaler schwarzer Band, enthaltend zwei Reden von Dürrenmatt, eine an Gorbatschow, die andere an Havel, und er hatte im Regal gestanden, bei Dürrenmatts anderen Werken.

Aus diesem Ereignis sind verschiedene Schlüsse möglich.

Die junge Buchhändlerin wird daraus schließen, daß der Computer besser programmiert werden sollte.

Der ältere Buchhändler wird daraus schließen, daß die Anschaffung dieses Computers eine Fehlinvestition war und daß er es schon immer gewußt hat.

Und ich, schließe ich auch etwas daraus?

Ja.

Wenn der Computer sagt »Suche beendet«, dann heißt das, daß die Suche beginnt.

So alt?

Oooh, jetzt sind wir schon 700 Jahre alt, kann denn das sein – aber man sieht's uns nicht an, oder? Wir sind doch frisch und dynamisch und mißtrauisch und geschäftstüchtig wie alle anderen auch. Gut, etwas anders sind wir schon, wieso kämen sonst noch Touristen zu uns.

Wir haben eigene, währschafte Gerichte, die wir auf den Sonnenterrassen unserer Paßstraßenhotels den Ausländern auftischen, Schüblig mit Härdöpfelsalat oder Pizokel oder Älpler-Magronen, die werden in den Paßstraßenhotelküchen von gut instruierten portugiesischen Köchen zubereitet und von jugoslawischen Serviertöchtern in Schweizer Sennenchutteli aufgetragen, wahrscheinlich sind wir europäischer als die meisten Staaten Europas, unsere Straßen und Tunnel bauen wir schon lange nicht mehr selber, in den Schützengräben unserer Baustellen kämpfen Spanier und Portugiesen und Türken und Kosovo-Albaner gegen den erbitterten

Widerstand schweizerischer Nagelflühe und verrosteter Leitungsrohre, die Siegestore der einheimischen Fußballclubs werden von Isländern und Ägyptern geschossen, unsere Mülleimerleute rufen sich Witze in unverständlichen Sprachen zu, und wir schauen lieber geradeaus auf den Boden, wenn sie untereinander lustig sind, denn irgendwie ahnen wir, daß sie in Baracken wohnen, die wir nicht kennen und die wir auch nicht kennenlernen wollen, manchmal lesen wir eine Reportage über die Unterkünfte der Geleisebauarbeiter, die unter heißen Brücken in Wohncontainern hausen und dafür auch noch ausgenommen werden, und dann lesen wir doch lieber die Jubiläumsberichte, »Bescheidenheit und Zuversicht!« rufen uns unsere Landesväter von der Rütliwiese aus zu, denn dort haben sie sich versammelt am 1. August, und auch die früheren Väter sind gekommen, und alle Parlamentsvorsitzenden Europas waren eingeladen, Frau Süssmuth war da und hat genickt, als sie Bescheidenheit und Zuversicht gehört hat, und Alexander Dubček war da und wurde sofort von unserer nationalen Altlast Kurt Furgler eskortiert, der bis zum Ende der Feier nicht von seiner Seite wich, denn der fehlte noch in seinem Fotoalbum »Ich und die Welt«, in dem doch schon Herr Gorbatschow und Herr Reagan auf dem Genfer Flughafen kleben, denen Herr Furgler seinerzeit je in ihrer Heimatsprache etwas zugerufen hat, was heißt Hoffnung auf russisch, oder Bescheidenheit und Zuversicht, und gleichzeitig wurden wir alle bespitzelt, alle, die den Mund auch außerhalb der Rütliwiese aufgemacht haben, bescheiden natürlich, kein Vergleich mit der Stasi, aber doch zuversichtlich, daß sich irgendwer verraten würde, irgendeinmal, mit seinen Gedichten oder mit seinen Kontakten, und als dann einige von uns gesagt haben, sie machen in keiner Weise mit bei der großen Greisenfeier, vor allem in keiner kreativen Weise, i. A., wurden sie einhellig von sämtlichen Kulturredaktionen sämtlicher Zeitungen, von ganz links bis ganz rechts, mit Unverständnis überschüttet, der Phantasielosigkeit geziehen, wir müßten, sagte man uns, die einmalige Gelegenheit benutzen, endlich etwas Wohlsubventioniertes zu sagen, frech sollten wir das Auftragssystem unterlaufen, und irgendetwas sollten wir sagen, die Hauptsache sei, dabeizusein, nicht abseits zu stehen, sondern Utopien zu entwerfen, die dann nie verwirklicht würden, die uns aber doch einen Sonntagsmoment lang zeigen könnten, wo's allenfalls lang ginge, wenn's ginge, und wir wollten trotzdem nicht, und jetzt, wo wir von Freilichtspielen und Turn- und Trachtenfesten überrollt werden, jetzt müssen wir Deckung suchen vor soviel Schweiz, aber auch die Festspielschweiz können wir nicht mehr alleine liefern, das große Mythenspiel in Schwyz hat ein Österreicher inszeniert, und auch die Bühne wurde von einem österreichischen Bautrupp erstellt, und was das schlimmste ist, mit österreichischem Holz! Der Verband »Pro Silva Rigi-Nord« hat in der »Schwyzer Zeitung« unter dem Titel »Holz aus dem Ausland« einen flammenden Leserbrief geschrieben, der im Satz gipfelt: »Bei allen Varianten, die der Freihandel bietet, sollte es noch möglich sein, für einen Anlaß von nationaler Bedeutung eigenes Holz zu verwenden.«

Und unterdessen verhandelt unser strahlender Verkehrsminister mit dem griesgrämigen Nachbarn Krause, und soeben hat er sich sagen lassen müssen, wieviel 40-Tonnen-Lastwagen als Ausnahmeregelung unsere Nord-Süd-Achse befahren dürfen, und wenn es nun 100 sind pro Tag, ist das keine Niederlage, sondern ein Erfolg, und alle rufen Bescheidenheit und Zuversicht, und Dankbarkeit auch, und wenn die Festgemeinde einen Augenblick ruhig ist und ihr Ohr an den Boden hält, dann hört sie tief unten das leise Grollen der Lastwagen, die unter dem Rütli durch den Tunnel donnern, 2000 am Tag, aber wir werden einen noch größeren Tunnel bauen, 50 Kilometer lang, für die Eisenbahn, und dann laden wir in 20 Jahren alle Lastautos auf Güterwagen, und dann können sie benzinlos donnern, mit Atomstrom, durch den größten Tunnel, den wir je gegraben haben werden, wobei dieses »wir« wieder jene schon erwähnten drahtigen Burschen aus den anderen Teilen Europas sind, denen wir im übrigen nicht beitreten möchten, trotz des breiten EG-Lächelns von Herrn Delamuraz am ersten Tag nach den Wahlen, denn wir verlören unsere Souveränität, unsere kostbare, die wir zwar nicht ausüben bei unsern Volksabstimmungen, es geht nur noch ein Drittel der Bevölkerung zu den Urnen, und bei den Wahlen vielleicht etwas mehr, aber auch nicht die Hälfte, und diese knappe Hälfte genügt, um die Partei zu wählen, die die Souveränität des Autos auf ihre Fahnen geschrieben hat und welche unsere Parkplätze gegen die Asylsuchenden verteidigen will, und die Souveränität, wie gesagt, die hätten wir doch gern im Schrank, zusammen mit unserm Sturmgewehr und unsern 34 FA-18-Kampfflugzeugen, die wir jetzt dann in Amerika bestellen werden für ein paar Milliarden, denn wie es mit Sicherheit und Zusammenarbeit in Europa aussehen wird in 20 Jahren, wenn die Lastwagen unterirdisch transitieren, das wissen wir ja wirklich nicht, oder was meinen denn die alle, sollen wir vielleicht dem Fürstentum Liechtenstein beitreten, nein, wir möchten bleiben, wer wir sind, wir möchten selbst das Tempo unserer Auflösung bestimmen können, es wird bei uns jede Sekunde ein Quadratmeter Kulturland überbaut, und jeden Tag brechen 3 Bauernbetriebe zusammen, aus, fertig, Schluß, und der jährliche Zuwachs an Autos ist bei uns größer als der Zuwachs an Kindern, und so werden wir eines Tages wohl einfach zuwachsen, mit Beton und Einfamilienhausbiotopen, aber vorher möchten wir noch die Krebsmaus patentieren wie die Amerikaner, und ein besseres Urheberrechtsgesetz, damit die Autoren für ihre Untergangsmeldungen anständig bezahlt werden, auch für die schweizerdeutschen, und wir schreiben viel auf Schweizerdeutsch jetzt, fast alles, was Freilicht ist, ist auch Schweizerdeutsch, denn gehört nicht der Sternenhimmel uns wie die Lokalradios, die sprechen auch nur Schweizerdeutsch, wehe, wenn Sie als deutschsprachiger Durchreisender irgendetwas erfahren wollen, unsere sprachliche Identität sprießt überall wie Angsttriebe aus einem sterbenden Baum, der 700 Jahre Bescheidenheit und Zuversicht in den Wurzeln hat, und wir glauben an ihn, und wir glauben auch nicht mehr an ihn, schaudernd sehen wir zu, wie die Slowenen und Kroaten gerne unabhängig wären, aber in der Schule haben wir Jugoslawien gelernt und nicht Veränderung, und wir rufen ihnen nichts Ermunterndes zu, wie, es lohne sich, ein selbständiger Kleinstaat zu sein, wir haben Litauen, Lettland und Estland erst anerkannt, als uns das übrige Europa voranging, denn wir müssen immer zuerst überlegen, was das bedeutet, für unsere Banken und unsere Industrie und unsere Neutralität, und ob es gut oder schlecht ist für unsere schweizerischen Festspielbühnen und Schützengräben und Tunnel, in denen sich fremde Menschen in fremden Sprachen Befehle zurufen, und an unsern Grenzen stehen schon Flüchtlinge, die auch die fremden Sprachen der fremden Menschen nicht mehr verstehen.

Zürich, 14. November 1991

Lieber Kain, lieber Abel!

Ich weiß nicht genau, wo Ihr zur Zeit seid, in Dubrovnik vielleicht oder in Vukovar oder in Ossijek, aber mit Schrecken sehe ich: Wo immer Ihr seid, Ihr seid nicht weiter als im ersten Buch Mose.

Von hier aus kann ich nicht deutlich erkennen, wer von Euch auf welcher Seite der Gräben steht, und ob es Kain ist, der hinter einem Maschinengewehr kauert, und Abel, der sich an eine zerschossene Hauswand drückt, oder umgekehrt.

Ich sehe nur, daß es wieder ist wie damals, als Du, Kain, zu Deinem Bruder Abel sagtest: »Laß uns aufs Feld gehen.«

Lieber Kain, lieber Abel, ich bitte Euch, kommt zurück vom Feld, bevor es zu spät ist. Ich kenne den Ausgang dieser Geschichte, Ihr kennt ihn auch, wir alle kennen ihn.

Ich weiß nicht wirklich, was Euch diesmal entzweit, aber eines weiß ich auch aus großer Entfernung: Ihr seid Brüder.

Es bleibt nicht viel Zeit, und die Verbindungen sind unterbrochen, deshalb gebe ich meinen Brief einer Taube mit. Hoffentlich findet sie Euch und wird nicht abgeschossen über dem Feld.

Euer Urenkel

Franz Hohler

Die Antwort

Kürzlich träumte mir, ich ginge zum Friedhof, auf dem Jesus beerdigt sei, und heute sei ein besonderer Tag, denn Jesus sei auferstanden und lebe.

Als ich dorthin kam, lehnte er an der Friedhofmauer. Ich erkannte ihn sofort an den langen Haaren und dem milden Blick. Ziemlich aufgeregt stellte ich ihm die Frage, über die ich schon oft nachgedacht hatte: »Sind Sie wirklich Gottes Sohn?«

Er schaute mich müde an und fragte mich: »Häsch mer en Stutz?«

Da erwachte ich.

Ostern

Am Morgen erwachte ich ohne Wecker, frühstückte in der Küche und ging dann in meine Minderheitenkirche. Der Pfarrer predigte über die Trostlosigkeit neuer Schweizer Filme. Der Chor sang das »Halleluja« von Händel, so gut es ging.

Nachher trank die Gemeinde, also auch ich, Kaffee in der Kirchgemeindestube. Einige tütschten ein Osterei, ich nicht.

Auf dem Weg nach Hause sah ich einen Schüler mit seinem Rollbrett allein auf dem Pausenplatz des Ligusterschulhauses herumkreisen.

Es war kalt und regnerisch.

Am Nachmittag besuchten wir die Eltern meiner Frau. Da unsere Kinder erwachsen sind, versteckten *sie* die Eier, und *wir* suchten sie.

Wir fanden alle bis auf zwei.

Die Ausgießung

Der Heilige Geist war es leid, immer nur an den längst vergangenen Tag zu denken, an dem er in Erscheinung getreten war, und beschloß, es noch einmal zu versuchen.

Er hatte von einem Bischof in der Schweiz gehört, der ihn vielleicht brauchen könnte, fuhr also am Pfingstsonntagmorgen in dessen Kathedrale hinab und goß sich aus.

Als der Bischof vor dem Hochamt noch rasch durch den Altarraum schritt, sah er eine gallertige Flüssigkeit am Boden.

»Putzen Sie das auf«, sagte er zum Siegrist, der sogleich mit einem Kessel und einem Lappen kam, den Heiligen Geist feucht aufnahm und ihn in den Ausguß leerte.

Das war ein schönes Gefühl für den Bischof, in einer sauberen Kirche seine Pfingstmesse halten zu können.

Der Heilige Geist aber nahm, als er wieder in den Himmel kam, den Hintereingang.

Die Konferenz

Gott versammelte sich an einem großen Tisch und eröffnete die Sitzung.

»Meine Herren«, sagte er, »ich werde vom amerikanischen Präsidenten dringend um Beistand im Krieg gebeten. Zudem soll ich sein Land segnen. Hat jemand etwas dagegen?«

Er verschwand unter der Tischplatte und tauchte auf der linken Seite mit einem Palästinensertuch wieder auf.

»Tja«, sagte er hüstelnd, »ich werde vom irakischen Präsidenten dringend um Beistand gebeten. Zudem soll ich sein Land segnen und den Krieg heilig sprechen. Ich habe mir gerade überlegt, ob ich das möglicherweise tun könnte.«

Er verschwand unter der Tischplatte und erschien auf der rechten Seite wieder, mit einem Käppchen auf dem Kopf.

»Moment«, sagte er, »ich werde vom israelischen Präsidenten dringend um Beistand gebeten. Zudem soll ich sein Land segnen. Also was nun?«

In dem Moment kam der Erzengel Gabriel mit der Nachricht, der Fernsehapparat mit dem CNN-Sender sei jetzt installiert, und Gott brach die Konferenz ab, setzte sich vor den Bildschirm und schaute zu, bis der Krieg zu Ende war.

Eine Weihnachtsgeschichte

Es begab sich aber, in jener Zeit, da Flavius Cottius Statthalter von Helvetien war, daß in der Provinz Waadtland die Gemeinde Vivis, welche in der Sprache ihrer Bewohner Vevey heißt, alle jungen Bürger und Bürgerinnen von 18 Jahren zusammenrief, um mit ihnen zu feiern, daß sie nun erwachsen waren. Diese Feier geschah jährlich zu Beginn des Winters, und der Vorsteher der Gemeinde pflegte dabei den Jungbürgerinnen und Jungbürgern nach einem festlichen Abendmahle ihre Stimmrechtsausweise zu übergeben als Zeichen dafür, daß sie hinfort an den Geschicken des Landes teilnehmen durften.

Im November des Jahres 1991 nun, somit im 700sten Jahre der Geschichte des helvetischen Reiches, erschien zu dieser Feier auch ein schöner junger Mann aus dem Morgenlande. Er war von schwarzer Hautfarbe, redete aber die Sprache der Provinz Waadt, und als er seine

Einladung vorwies, hielt ihn der Gemeindevorsteher für ein eingebürgertes Mitglied des reichen Helvetien.

Als jedoch der junge Mann aus dem Morgenlande die Speise der Provinz zu sich nehmen sollte, welche in der Sprache ihrer Bewohner Fondue genannt wird, fiel dem Gemeindevorsteher auf, daß dieser keine Kenntnis hatte vom Aufspießen des Brotes und dem Eintunken der Gabel in das Geschmolzene, und also setzte er sich zu ihm hin und fragte ihn, ob er dieses Gerichtes zum erstenmal genösse.

Der junge Mann aus dem Morgenlande sprach, fürwahr, es sei ihm diese Speise, so herrlich sie ihm scheine, gänzlich fremd, da er doch in Somalia, dem Lande seiner Herkunft, nie davon gekostet habe, und auch hier nicht, weil er als Flüchtling nach Helvetien gekommen sei, wo er Asyl zu finden hoffe.

Da erschrak der Vorsteher der Gemeinde, und er fragte alsogleich den Büttel, wie dieser junge Schwarze aus dem Morgenlande zu seiner Einladung gekommen wäre, auf der sogar sein Name richtig geschrieben stand, Ali Mohamoud Hassan.

Der Büttel antwortete und sprach: »O Vorsteher, verzeih, es muß die Schuld des Computers sein, welcher nur das Datum der Geburt beachtet und diesen da, ohngeachtet seiner Farbe und der Herkunft einlud, sich mit den Helvetiern gleichen Alters an einem Festmahl zu erfreuen.«

Der junge Ali Hassan aus Somalia aber hatte sich schon in Gesprächen mit dem einen oder andern seiner Nachbarn angefreundet und war bereits zum Mittun im Fußballspiele eingeladen worden, dem Spiel, nach dem ihn schon die ganze Zeit gelüstete, seit er in diesem Lande weilte.

Und wahrlich, als der Gemeindevorsteher sah, wie wohl dem fremden Manne war im Kreise der Helvetier, da ward er sehr beschämt. Er ging hin und bat den Herrn um Verzeihung dafür, daß es des Fehlers einer Maschine bedurft hatte, ihn die Liebe zu lehren, und er versprach, fortan zur Feier des Erwachsenwerdens auch die 18-jährigen zu laden, die nicht zum Reiche der Helvetier gehören, sondern hier nur Herberge suchen, in kalter Zeit.

Die sprechende Kastanie

Ein alter Mann lebte ganz allein in einem kleinen Haus. Er hieß Pietro, und seine Frau war schon lange tot. Kinder hatte er keine, und die meisten seiner gleichaltrigen Freunde waren gestorben.

Am liebsten sprach er von früher, aber niemand hörte ihm zu. Die meisten Leute saßen lieber vor dem Fernseher und schauten sich Kriege, Überschwemmungen und Vulkanausbrüche an. Aber ob der neue Pfarrer damals ins Dorf gekommen war, bevor der Schäfer Oreste gestorben war oder erst danach, interessierte niemanden.

Einmal im Herbst hatte er Kastanien gesammelt und wollte sie auf dem Kaminfeuer rösten. Bevor er sie in die Röstpfanne legte, schnitt er eine um die andere auf.

»Halt!« rief da eine Kastanie, die er in die Hand nahm, »schneid mich nicht auf, ich kann sprechen!«

Verwundert ließ Pietro sein Messer sinken und legte die Kastanie vor sich auf den Tisch.

»Du kannst sprechen?“ fragte er.

»Ja«, sagte die Kastanie, »und ich weiß auch viele Geschichten von früher.«

»So so«, sagte der alte Mann, »dann weißt du vielleicht, daß der Hirtenhund des dicken Oreste einmal in den Bach gefallen ist.«

»Sicher«, sagte die Kastanie, »Oreste rang die Hände und sprang fast selbst in den Bach.«

»Aber was ich mich schon lange gefragt habe«, sagte Pietro, »warum ist er eigentlich in den Bach gefallen?«

»Er war hinter der Katze von Zia Amadea her, die hatte aus seinem Trog gefressen.«

»Richtig!« rief Pietro und mußte lachen, »wie konnte ich das vergessen, diese Katze war doch das frechste Vieh im ganzen Dorf!«

»Ja«, sagte die Kastanie und kicherte, »bei Orestes Leichenmahl hat sie dem Pfarrer die Forelle vom Teller gefressen.«

»Ach ja«, sagte Pietro, »aber sag mal, war das der neue oder der alte Pfarrer?«

»Aber Pietro«, sagte die Kastanie, »der alte natürlich, der neue kam doch erst nachher ins Dorf.«

»Eben«, sagte Pietro, »eben, ich hab's ja gewußt, der neue Pfarrer kam erst nachher.«

Dann fragte er die Kastanie noch bis tief in die Nacht hinein nach Geschichten, die im Dorf passiert waren, und sie konnte ihm alle haarklein erzählen und wußte auch manches, an das er sich nicht mehr erinnerte.

Als ihn die Nachbarin, die ihm immer die Milch brachte, am nächsten Morgen fand, hatte er den Kopf auf den Tisch gelegt, sein Ohr ganz nahe bei der Kastanie, und er sah sehr zufrieden aus.

Die Norne

Auf der Tessiner Alp, wo wir einen alten Stall haben, müssen wir das Wasser am Bach holen. Manchmal aber, im Frühling oder nach längeren Regenfällen, fließt auch eine kleine Quelle ganz nahe beim Stall, und das Wasser, das direkt aus dem Boden in eine Granitfassung quillt, die jemand vor hundert oder mehr Jahren hier eingerichtet hat, ist das beste der Welt.

Diesen Frühling floß die Quelle so schwach, daß ich das Wasser vom untersten Stein über ein Blättlein in die hingehaltene Flasche leiten mußte. Das tat ich mindestens zweimal am Tag, und Ursula und Kaspar lächelten darüber, aber das Wasser tranken sie gern.

An einem Abend kam ich mit zwei Flaschen zurück und stellte sie auf den Querbalken, der unsern Wohnraum auf Hüfthöhe in zwei Teile trennt. Die eine Flasche tranken wir leer, die andere stieß Ursula nach dem Essen versehentlich um, so daß sie zu Boden fiel und zerbrach.

Etwas verärgert schob ich den Tisch weg und begann mit Kaspar die Glassplitter wegzuwischen und das Wasser am Boden mittels alten Zeitungen aufzunehmen, während Ursula draußen das Geschirr wusch. Ich glaube, einer von uns benutzte auch das Wort »Katastrophe«. Als diese einigermaßen behoben war, ließen wir den Tisch aus Bequemlichkeit dort stehen, wohin ich ihn verschoben hatte, setzten uns darum herum und machten einen Jass. In der zweiten Runde, als ich am Verlieren war, löste sich ein Stützbalken aus dem Dach und fiel mit einem bösen Knall dorthin, wo vorher der Tisch gestanden hatte, genauer dorthin, wo beim Nachtessen Kaspar gesessen war. Hätte der Balken seinen Kopf getroffen, er hätte ihn erschlagen können.

Es dauerte eine Weile, bis wir merkten, daß der Tisch nicht am gewohnten Ort stand, und es dauerte nochmals eine Weile, bis wir merkten, daß er dort nicht stand, weil Ursula versehentlich eine Flasche umgestoßen hatte, die mit Wasser gefüllt war, das ich über ein Blättlein von einer schwach tropfenden Quelle in den Flaschenhals gelenkt hatte.

»Scherben bringen Glück«, sagte Kaspar, und ich, als ich nachts erwachte und rasch hinausmußte, sah auf einem Mäuerchen unserer Alp eine dunkle Frau sitzen.

Es dauerte eine Weile, bis ich merkte, warum sie dort saß. Sie schaut dem Spiel unseres Lebens zu, all unsern kleinen Taten und Verrichtungen, die oft das Ende einer Kette von Launen, Zufällen und Dummheiten bilden. Bei tausendundeinundvierzig unserer Handlungen schaut sie zu und tut nichts, aber bei der tausendundzweiundvierzigsten steht sie plötzlich auf und zeigt mit dem Daumen nach unten, oder, wenn wir Glück haben, nach oben. Dann setzt sie sich wieder auf ihr Mäuerchen und schaut auf die steinernen Häuser und auf die Lichter im Tal, als ob nichts geschehen wäre. Wenn der Tag kommt, ist sie schon woanders. Neben einer Straßenkreuzung, in einer Fabrikhalle, oder bei dir, vielleicht.

Das Blatt

Eine Ameise schleppt mit Mühe ein Blatt von weither zu ihrem Ameisenhaufen.

Wie sinnlos, denkst du, direkt beim Ameisenhaufen ist der Boden doch voll von solchen Blättern.

Was du nicht weißt: dieses Blatt ist ein Liebesbrief, den die Ameise einer andern bringt, und würde sie einfach neben dem Haufen ein Blatt auflesen, wäre es kein Liebesbrief, denn die wirkliche Liebe kommt von weither.

Die Kinder

Wenn du sehen willst, wie sich der Gesichtsausdruck der Menschen verändert, mußt du mit ihnen über ihre Kinder sprechen.

»Es ist drei und will alles wissen«, sagen sie, oder »Er macht jetzt eine Zimmermannslehre«, oder »Sie verbringt jede freie Minute im Reitstall«.

Leuchtende Sätze sind das, aus leuchtenden Gesichtern.

Nicht so diese:

»Er findet dort etwas, das er offenbar braucht.«

»Sie muß halt irgendwie ihren Weg suchen.«

Oder:

»Wir hofften eigentlich, daß er studieren würde.«

Intensivstationen gibt es aber auch, und Notschlafstellen und Friedhöfe, und manche Gesichter wenden sich auf die Frage nach den Kindern weg, und Sätze brechen ab.

Das Alter

Es ist hinter dir her, lange Zeit ist es hinter dir her, es ist, als gingest du durch eine nächtliche Straße und hörtest Schritte hinter dir, die näherkommen, und wenn du dich umdrehst, ist es schon zu spät.

Das Alter hat dich eingeholt, groß und grausam, in einem schwarzen Hut und einem langen Mantel, und es steckt langsam die Faust in die Tasche, mit der es dir einen Schlag versetzt hat.

Den halben Körper hat es dir gelähmt, und du wirst ihn mitschleppen müssen für den Rest deiner Zeit und ihn doch nicht mehr spüren, wie ein fremdes, viel zu schweres Gepäckstück wirst du ihn durch endlose Straßen und über steile Treppen tragen müssen, mit ganz kleinen Schritten.

Vielleicht hat er dir auch die Sprache zerstört, der Schlag. Du öffnest den Mund, um deiner Tochter guten Tag zu sagen, und zu deinem

Entsetzen kommen die Laute eines Tieres aus dir heraus. Du kannst 2 + 2 nicht mehr zusammenzählen. Im Rollstuhl sitzest du. Was sind das für Runenzeichen unter den Bildern der Illustrierten? Wenn dir die Zeitung hinunterfällt, kannst du dich nicht bücken, um sie aufzulesen. Wieviel gäbest du, du könntest dich bücken. Ausländische Pflegerinnen stoßen dich auf die Toilette und putzen dir den Hintern. Jedesmal willst du dich entschuldigen, jedesmal lächeln sie. Du wartest sehnlichst darauf, wieder nach Hause zurückzukehren, aber deine Wohnung ist schon vermietet, dein Haushalt aufgelöst. Deine Söhne gehen immer schonender mit dir um, sie werfen einander Blicke zu, während sie laut und überdeutlich mit dir reden.

Vielleicht hast du Glück und kannst noch sprechen. Du weißt nur nicht mehr, was du sagst, aber du bist sicher, daß du recht hast. Fremde Männer holen dich ab, legen zwei Rampen an einen Lieferwagen und schieben dich hinein. Sie wissen, wo sie dich hinbringen, aber sie wissen nichts von deinem Leben.

Nichts. Sie wissen nicht, daß du das eigentlich gar nicht bist in deinem Rollstuhl. Wenn sie sagen, sie fahren dich ins Krankenheim Bachwiesen zurück, sagst du: »Meine Mutter wohnt in Magdeburg.« Du hast recht, und trotzdem dürfen dich die Männer dorthin bringen, wo sie wollen.

»Ich wohne Triemlistraße 15«, fügst du hinzu, und du könntest jedes Bild nennen, das dort an der Wand hängt, du kennst jeden Lichtschalter und alle Vorhänge und weißt, wo Mutters Kuchenteller steht mit dem Blumenmuster, aber niemand hat dir gesagt, wie lange die Wohnung schon vermietet ist an andere, die du nicht kennst, und alle sind fort und tot, und du bist allein im Laderaum eines Lieferwagens im Rollstuhl, allein mit den freundlichen fremden Männern, die dich in das Krankenheim bringen, dessen Namen du immer vergißt, an der Straße, die auf ihrem blauen Zettel steht.

Der Flüsterkünstler

für John Cage

Flüsterkünstler müßte man sein.

Man würde dann an einem kleinen Tisch in einem großen Saal sitzen und unverständliche Texte ins Mikrofon flüstern, und die Menschen kämen sogar an sonnigen Vormittagen, um sich das anzuhören.

Aber vielleicht müßte man 79 werden, bis einem das gelänge, und man hätte sonst am Leben keine rechte Freude mehr, weil hinter jeder Toilettentür der Tod lauert. Das einzige, was einem bliebe, wäre eben, sich in einem großen Saal an einem kleinen Tisch zum Mikrofon zu beugen, als wollte man in einer Diskussionsrunde ein ganz kurzes Votum abgeben, und dann in dieser flüchtig vorgebeugten Stellung einen unverständlichen Text zu flüstern, aus dem höchstens einzelne Worte wie »Manchester« oder »explain« oder »I« aufschienen und in welchen man mit Hilfe eines Elektronikers einige Singsangtöne immer wieder einweben würde, und dies würde etwa so lange dauern wie ein Spielfilm oder doppelt so lang wie ein Gottesdienst, und die Leute wären hin- und hergerissen zwischen Verehrung und Langeweile.

Einige, die sich für die Langeweile entscheiden würden, würden irgendeinmal aufstehen und den Saal verlassen, andere, die sich für die Verehrung entscheiden würden, blieben sitzen bis zuletzt, aber eigentlich vermöchte am Schluß des Vortrags des Flüsterkünstlers niemand zu sagen, warum so viele dem heiseren Hupen der Schiffssirenen widerstanden hätten, um zuzuhören, wie einer an einem kleinen Tisch in einem großen Saal gegen das Verstreichen der Zeit anflüstert.

Die Druiden

Von überall her strömen sie zu der riesigen Halle, zum Tempel des Schreis, zur Kultstätte der Trance, die jungen Menschen, und sie haben sich für die heutige Messe schwarze Lederjacken angezogen, unter denen schwarze T-Shirts mit barocken Schriftzügen zu sehen sind, Anthrax, AC/DC, Metallica, und die Mädchen haben ihre knappsten Shorts angezogen, darunter schwarze Strümpfe oder Leggings über ihren wunderschönen Beinen, denn heute ist ein Festtag, heute kommen die Hohepriester des Sounds, die Masters of Puppets, und viele der Eintretenden bewegen sich schon unten am Eingang rhythmisch, wenn sie dem Securitaswächter ihr Ticket abgeben und von Trance noch nichts zu spüren ist, und gleich danach gibt's eine Waffenkontrolle, mich läßt man unabgetastet durch, ich bin schon im Saalwächteralter, und dann wird man ins Oval des gedeckten Stadions eingesogen, wo sonst Sechstagerennen stattfinden, und es liegt ein bläulicher Dunst über allem, Zigaretten werden geraucht, Tausende von Zigaretten, denn hier ist es erlaubt, kein Nichtraucherabteil, keine Nichtraucherecke, kein Schulhausabwart, keine Eltern, die einen auf den Balkon schicken, und die Erwartung ist groß, ein Mädchen steht auf, lehnt sich über eine Brüstung und schreit laut einen unverständlichen Namen, aber weit unten hat ihn einer verstanden und kommt über die Treppe hoch, um das Mädchen zu küssen, und zu den Tausenden von Zigaretten gehören Tausende von Besuchern und Besucherinnen der Halle, wo nun das Zeremoniell vorbereitet wird, indem zwei Lichtbrücken langsam von der Decke heruntergelassen werden, bis sie knapp über dem Boden schweben, die Techniker steigen über Metalleitern ein wie Astronauten in ihre Raumschiffe, dann werden sie langsam wieder nach oben gezogen, und statt einer Vorgruppe läuft nun ein Film, in welchem alle Mitglieder der Kultgruppe ausführlich im Bild sind, was die Sehnsucht nach ihrer Leibhaftigkeit steigert, jetzt geht im ganzen Stadion das Licht aus, schattenhaft sieht man die Priester des Lärms auf der Bühne huschend ihre Plätze einnehmen, ein Aufschrei geht durch die Masse, weil das erste Soundpaket in die Halle geschleudert wird, Scheinwerfer kreisen an der Decke herum, noch sieht das Volk seine Helden nicht, ein glutroter Lichtstrahl kracht auf eine Zwischenbühne, wo speziell erwählte Hörige die Hände jubelnd hochheben, eingepfercht wie Verdammte der Hölle, gleich darauf auf den Bühnentreppen Feuerexplosionen, und dann endlich, dann endlich das Licht auf die Hohepriester, die nun ihre Tonmesse zelebrieren, mit metallischen Schlägen auf das Trommelfell, die nur durch Ohropax erträglich gemacht werden können, und sie fegen auf der Bühne herum wie Pueri aeterni mit Stirnbändern und wehenden langen Haaren, einmal am einen Mikrophon, dann am entgegengesetzten, und dann plötzlich steht einer zuoberst auf der Treppe unter einer grünen Lichtdusche und schreit den letzten Ton, und gleich darauf pickt der nächste Scheinwerfer den Leadgitarristen an der Rampe heraus, und alle zaubern aus ihren abstoßenden eckigen Kunststoffschallkörpern die Schreie ganzer Chöre von Mißhandelten, und wenn plötzlich nur noch drei Scheinwerfer flach über das Publikum hinwegleuchten, sind Tausende von Armen zu sehen, die sich in die Höhe recken und schwankend bewegen, wie eine Tubifexzucht, und wenn dann auch noch diese Scheinwerfer erlöschen und nur noch ein einzelner Ton in der Halle schwebt, gehen zwei, drei, fünfzig, Hunderte von Feuerzeugen an, und die Band spielt auf einmal vor lauter Kindern eines Räbeliechtliumzuges, doch gleich darauf werden sie von den Maschinengewehren des Schlagzeugs ausgeblasen, und es geht wieder die Orgie ab, die Trance, wir sind am Stammesfest, und man merkt, wie schwach all diese Neubauwohnungen sind, und wie wenig sie die wilden Wünsche der Menschen zu bändigen vermögen, und wie das Fernsehprogramm und die Schweizer Illustrierte einfach nicht genügen, sondern wie noch etwas Gewaltiges gelebt werden will, etwas, das wir nicht kennen, wenn wir hinter unsern Schaltern sitzen, hinter unsern Pulten und Schulbänken, an unsern Telefonen und Computern, etwas, zu dem wir gemeinsam die Arme hochreißen können, die Köpfe auf- und abwippen können, was heißt können, müssen, unsere Jacken ausziehen und über die tanzenden, zuckenden Menschen schmeißen können, etwas, auf das wir uns freuen können wie auf ein Sommersonnwendefest, etwas, zu dem nicht alle zugelassen werden, etwas, das seit Wochen ausverkauft ist, und das ist kein Wunder, denn die Druiden des Rocks kommen nur einmal im Jahr, allerhöchstens, und wehe, wenn es einem nicht gelungen ist, dabeizusein und die Arme hochzuwerfen und den Kopf herumzuschleudern, dann hat man etwas Wichtiges verpaßt, nämlich ein Stück Leben, das die da mit achtzehn Lastwagen und mit der Unterstützung des Bankvereins ins Zürcher Hallenstadion geschleppt haben, und als ich die Messe etwas vorzeitig verlasse und durch die Kälte im Laufschritt zurück nach Hause renne, denke ich, was ich für ein Glück habe, und was vor allem meine Söhne für ein Glück haben, nur ein paar Minuten zu Fuß vom Tempel entfernt zu wohnen.

Die Tonleiter

Manchmal, wenn ich dasitze und Cello spiele, ist es mir, als könne ich einen Deckel öffnen und ich stiege eine Leiter hinunter. Vorsichtig würde ich die Füße von der letzten Sprosse auf einen sanften Boden aufsetzen und fände mich in einer Gegend, die einem Urwald gleicht, ich müßte mich behutsam zwischen dicken Stämmen und herunterbaumelnden Lianen durchtasten, würde dabei von Schlangen beobachtet, die sich um Äste gewickelt hätten, würde mich vor weichen Affenhänden ducken, die mich berühren möchten, stieße vielleicht auf ein leise glucksendes Rinnsal, dem ich entlanggehen würde, und das Rinnsal würde zu einem Bach, und ich käme in ein tiefes Bergtal und würde nun mit federnden Schritten in der Nähe des Wassers talwärts wandern, zwischen Geröllhalden und Schneeflächen, über breite Alpweiden mit Dotterblumen und Wollgras, und irgendeinmal wäre ich dann in einer Ebene, allein unter einem großen Himmel, und diese Ebene läge am Meer, und ich würde mich in den Sand setzen und hinausschauen auf die Brandung und die Wolken und die kleine Felseninsel am Horizont, und dann wüßte ich nicht, soll ich mich jetzt auf den Rückweg machen und den Deckel wieder suchen, durch den ich eingestiegen bin in diese Welt, der alles fehlt, was sie böse und unerträglich macht, oder soll ich einfach hierbleiben und sogar noch hinausschwimmen auf die Insel, auch wenn ich Angst habe, ich könnte dabei ertrinken oder es wäre dort draußen so schön, daß ich vergäße, wo ich hingehöre und nie mehr zurückkäme?

Der Begleiter

Was für eine Nachricht. Max Frisch ist gestorben.

Und dasselbe ungläubige Staunen wie beim Tod Dürrenmatts.

Dabei wußten wir alle, wie schlecht es ihm ging.

Aber er hat doch noch gelebt, und er hat doch eben noch seine witzig-bissige Antwort geschrieben auf Herrn Solaris Einladung zur helvetischen Jubiläumsfeier, vor kaum drei Wochen.

Und nun soll er tot sein.

Mein jüngerer Sohn hat es am Radio gehört, kurz nach zwei Uhr, und hat es meiner Frau und mir gesagt, wir tranken gerade Kaffee, und dann saßen wir alle drei da und sagten nichts und waren traurig.

Und wenig später kam mein älterer Sohn nach Hause, und auch ihn betrübte die Nachricht. Er hat Max Frisch bei der »Schweiz ohne

Armee«-Demonstration in Bern angesprochen, um ihm zu sagen, daß ihm seine Bücher gefallen, und er freute sich auch jedesmal, wenn er ihn in der Stadt sah.

Ich glaube, Max Frisch war für ihn ein Grund, gerne Schweizer zu sein.

Oder spreche ich etwa von mir?

Als ich so alt war wie meine Söhne heute, war Frisch bereits einer der Schweizer Klassiker, ich habe mit Vergnügen und Entdeckerfreude »Biedermann und die Brandstifter« gesehen, ich las »Nun singen sie wieder« und war froh, daß es auch diese Darstellung des Krieges gab, aus der Sicht der Verschonten, und nicht nur das herzzerreißende »Draußen vor der Tür«, wir sind mit unserer Schulklasse von Aarau nach Zürich gefahren, um im Schauspielhaus »Andorra« zu sehen, und wir haben darüber heiß diskutiert, und es war für den Lehrer kein Problem, mit uns Nochnichtzwanzigjährigen über die Stücke von Max Frisch zu sprechen.

Auch ich hätte ihm ein Kompliment gemacht, als Schüler, wenn ich ihn gesehen hätte, bloß hätt' ich mich vielleicht nicht getraut, wie mein Sohn.

So war er über Generationen hinweg ein Begleiter der denkenden Menschen, einer unserer geistigen Väter, wie Dürrenmatt auch, und ich habe mich immer wieder gefreut, daß ich im selben Land wohne wie er, und in derselben Stadt, und immer mehr auch in denselben Sorgen, und er hat diese Sorgen geteilt, wir haben uns manchmal getroffen bei Anlässen, die aus einer dieser Sorgen entstanden sind, und das Kompliment, das ich ihm als Schüler nicht gemacht habe, habe ich später nachgeholt, aber mein Schülerrespekt ihm gegenüber ist nie ganz verschwunden.

Und nun hat er uns verlassen, und wenn er noch so sehr gesagt hat, er schreibe nichts mehr, so bin ich doch traurig, daß er nun wirklich nichts mehr schreiben kann, und daß weder ich noch meine Söhne ihn je wieder antreffen werden, wenn wir durch die Stadt gehen.

Frage

Was treibt einen Mann dazu, einen 69jährigen Mann, mitten in einem belanglosen Brief, mitten in einem Wort, mitten im Wort »müssen« aufzustehen und seine schlafende Lebensgefährtin und dann sich selbst zu erschießen, erschießen zu müs

Straßenecke in Stockholm

Eine kleine Straße mündet in eine große.

Die kleine ist eine Fußgängerstraße, zwischen zwei hohen neueren Gebäuden, fünf- oder sechsstöckig. Auf beiden steht groß und blau SKANDIA.

Im Erdgeschoß des einen Gebäudes befindet sich ein Laden mit Künstlerzubehör, Acryl-, Öl- und Aquarellfarben sind ausgestellt, Leinwände, Zeichenblöcke, Pinsel und Farbtöpfe für Stoffdrucke. Dort, wo im andern Gebäude Platz für einen Eckladen gewesen wäre, führt eine breite Treppe zur U-Bahn hinunter. Damit das neuere sechsstöckige SKANDIA-Gebäude aber nicht einknickt wegen des Treppenhohlraums, wird seine Ecke durch eine starke runde Säule gestützt, deren unterer Teil noch mit Eisenstäben verkleidet ist, vielleicht gegen das Ankleben von Plakaten. Kurz hinter der Säule beginnt ein Geländer, das vor dem Sturz in den Treppenabgrund schützt. Es endet dort, wo das Gebäude wieder bis zum Boden reicht. Entlang dieses Geländers sind etliche Fahrräder abgestellt, die zum Teil an die Geländerstangen angekettet sind, vielleicht von Leuten, die von hier aus mit der U-Bahn weiterfahren.

Vor der Säule auf dem Trottoir wächst ein kleiner Baum, absichtlich. Ein Wegweiser auf zwei Pfosten zeigt in die Richtung der Fußgängerstraße, die weiter hinten in einem Tunnel verschwindet, welcher, laut Wegweiser, von 6 – 22 Uhr geöffnet sei. Dort, wo die Pfosten ins Trottoir eingelassen sind, wächst ein wenig Gras, unabsichtlich. Am Rand der großen, ständig befahrenen Straße sind einige Bauplatten aufgeschichtet, und ein kleiner Bagger wartet auf Arbeit.

In der Unterführung, die einen zur U-Bahn bringt, muß es auch einen Friseur geben. FRISOEREN steht auf einer Tafel mit zwei Pfeilen, »Old Henry's Bar« auf einer andern. Auch ein Modegeschäft ist angekündigt, sowie ein Zeitungskiosk und ein Schuhmacher.

Aber die meisten Menschen, die über diese Treppe in die Unterwelt steigen, wollen zur U-Bahnstation Hötorget, auf die schon von weitem ein großes »T«, für Tunnelbanen, oben an der Säule aufmerksam macht.

Auch Olof Palme wollte zur U-Bahnstation, als er über die kleine Straße auf die Treppe zuging.

Sein Mörder kam ihm von der großen Straße entgegen.

Heute erinnert nichts, gar nichts an diese Tat an diesem Ort, und SKANDIA, so ist in der Vitrine neben der Treppe zu lesen, vor der der Erschossene niedersank, versichert alles, den Hausrat, das Auto, die Wertsachen und das Leben.

Schön leer

Wie freundlich die Isländer sind! Dabei stören wir sie ständig in ihrem Isländersein. Mit Isländern meine ich selbstverständlich auch die Isländerinnen, gerade sie. Die professionelle Gastfreundlichkeit wirkt hier nicht professionell, sondern improvisiert. Eine ganze Reihe von Schulhäusern wird während der Sommermonate in Hotels umgewandelt, es arbeiten dort auch viele Studentinnen und Studenten. Nachher ist der Touristenspuk vorbei, und sie können wieder in Ruhe Isländer sein.

Isländisch ist eine Sprache, die von 250 000 Menschen gesprochen wird. Ich habe mir eine Grammatik besorgt, bevor ich hinfuhr, und habe gemeint, ich lerne wieder althochdeutsch, so viele Endungen mit unabgeschwächten Vokalen kamen mir entgegen. Seit Jahrzehnten wird jedes neue Fremdwort konsequent islandisiert, was dazu führt, daß viele Dinge des heutigen Alltags sprachlich nicht wiederzuerkennen sind. Das Telefon heißt in den meisten Sprachen der Welt Telefon. In Island muß ich nach dem Wort für Draht fragen, simi. Während der Reise kaufe ich unermüdlich die Tageszeitungen, um sie bei den ersten Wortzusammensetzungen wieder sinken zu lassen. Wer sind die dickgedruckten Forsetar-Eystrasaltsríkjanna, und was geht zwischen múslimahópsins und lögreglu vor?

Ein Rundgang durch den kleinen Ort Djupivogur an der Ostküste ist bald beendet. Das einzige Denkmal zeigt den Kopf eines Radsherra, dessen Name auf -son endet. »Chi era?« fragt ein Italiener seine Begleiterin, und dann gehen sie ratlos weiter.

Wir wissen nichts von Island. Den Namen der Präsidentin kannte ich nicht, bevor ich hierher kam. Sie heißt Vigdis Finnbogadottir und hängt in vielen Postbüros und Banken, es gibt auch eine Postkarte, auf der sie in einem Rähmchen oberhalb der Präsidentenresidenz abgebildet ist. Man scheint sie zu mögen. Das Ende ihres Namens heißt Tochter. Alle Frauen heißen am Ende dottir. Alle Männer heißen am Ende son. Die Sprache erinnert daran, daß Männer Söhne sind und Frauen Töchter.

Die Menschen hier scheinen einander zu vertrauen. Eine Bank wirkt etwa wie eine Gemeindebibliothek, es gibt keine kugelsicheren Glasscheiben, alle können sich so weit über den Schalter hineinbeugen, wie sie wollen, oder wie es die Dottir will, die dahintersitzt. Auf einem Tischchen steht eine Kanne Kaffee, aus der man sich einschenken kann, mit Milch und Zucker daneben. Desgleichen auf der Post. Für Inlandflüge gibt es keinerlei Sicherheitskontrolle, auf einem kleineren Flughafen kann man ohne Schwierigkeiten auf die Piste gehen.

Die Isländer halten sich auch untereinander für freundlich. Früher war das anders, da haben sich die Männer schon wegen einer frechen Bemerkung umgebracht. Aber nachher gingen sie sofort zu den Angehörigen und sagten ihnen, wen sie umgebracht hatten und warum. Erst wenn sie das nicht sagten, wurde das Wort »Mord« benutzt. Dann besprach man den Fall am Thing. Meistens kam der Mörder mit einer Buße davon, üblich waren 200 Silberunzen. Fiel die Buße höher aus, bezahlten die Richter auch etwas daran, und es wurde zusätzlich unter den Anwesenden gesammelt. Dies entnehme ich der Njals-Saga, die ich auf der Reise lese.

Wenn sich bedeutende Männer totschlugen, war das allerdings nicht dasselbe, wie wenn eine junge Frau ihr Kind umbrachte oder wenn sie der Hexerei beschuldigt wurde. Im ersten Fall wurde sie in einem Teich ertränkt, im andern Fall wurde sie in einer Felsspalte verbrannt. Diebstahl war verachtenswerter als Totschlag, deshalb wurden Diebe gehängt. Gerichtet wurde in Thingvellir, dem altisländischen Landsgemeindeort. Darunter muß man sich eine lange Felsschlucht vorstellen, in welcher die ganze Nation Platz fand.

Aber das ist lange her. Heute haben die isländischen Männer nicht einmal eine Armee, in die sie gehen können. Im Zweiten Weltkrieg haben das die Engländer für sie erledigt, heute sind es die Amerikaner. Die Engländer haben

Radarstationen gebaut. Eine davon sehen wir, als wir zu einem Seehundfelsen fahren wollen, in einer gänzlich verlassenen Gegend. Überlebensgroße Betonspiegel und weiße Kuppeln stehen unerschütterlich auf einer den Stürmen preisgegebenen Landzunge, und gleich dahinter liegt eine Lagune, an welcher die ersten irischen Mönche gelebt haben sollen. Früher genügte ein Mönchsherz, um den Himmel abzuhorchen.

Immer wieder wundere ich mich, daß wir auf der Straße Nr. 1 fahren, eigentlich würde ich es nicht glauben, wenn es mir nicht ab und zu durch ein kleines Schild am Straßenrand bestätigt würde. Die Nummer 1 ist über weite Strekken nichts anderes als ein Feldweg, mit Schlaglöchern durchsetzt.

Es sind eben auch weite Strecken hier, und das Land ist so schön leer, wozu also dieser Asphaltgedanke? Von der Feldweghauptstraße biegen dann erst die Vierradantriebswege ab, die als Warnung einen eigenen Namen haben, und dort sind sie unterwegs, die Camper und

Trailer und Cherokee-Chief-Wagen mit den Traktorpneus, die Fahrer durchqueren mit Bubenfreude die Bergflüsse, welche die Wege so hoch unter Wasser setzen, daß die Fontänen über den Wagen hinausspritzen. Aus Deutschland kommen sie und aus Frankreich und Italien, und sie sind auf der Flucht vor 6-spurigem und 4-spurigem und breitspurigem, sie suchen Gegenden, wo Fahren fast noch Gehen ist, legen sich abends frierend in ihre Zelte und verbrennen sich beim Kaffee die Finger an ihrem Spirituskocher.

Stundenlang fahren, ohne auf ein einziges Dorf zu stoßen, dieser Traum wird hier wahr. Und dann, auf irgendeiner der Dutzenden von Greinahochebenen und Lavafeldern, ein paar Hütten und ein Zeltplatz, mit dem wikingischen Namen Landmannalaugur, und da können wir uns in eine heiße dampfende Quelle legen und baden, bevor der Bus weiterfährt, durch die spritzenden Bergbäche hindurch, hinein in die alte Spalte, die sich durch ganz Island zieht und die die Naht zwischen dem amerikanischen und dem europäischen Kontinent bildet; entlang dieser Naht herrscht Unruhe im Boden, hier brechen Vulkane aus, Ritzen und Fugen platzen, werden zu Kratern und gießen Schutt und Asche auf menschliche Siedlungen, neue Berge erheben sich feuerspeiend aus dem Meer und stehen nachher so unwiderleglich da, daß die Landkarten abgeändert werden müssen zu ihren Gunsten.

Ein Mann, Osvaldur Knudsen, lebt, wie schon sein Vater, davon, daß er alle Vulkanausbrüche filmt. Im Sommer zeigt er seine Filme in Rejkjavik, in einem Raum, der zugleich sein Schneideraum ist, und erzählt dazu. In Mývatn, wo wir gerne hinwollen, liegt in der Tiefe eine Magmablase, die sich im Verlauf von etwa 5 Jahren immer wieder füllt und dann ausbricht. Jetzt sind 5 Jahre vorbei, der See von Mývatn hat sich um einen Meter gehoben, das Dorf um einen halben Meter. Plötzlich wollen wir nicht mehr unbedingt nach Mývatn.

Ganz im Norden, in Isafjördur, machen wir eine Fjordrundfahrt mit dem Postschiff. Da gibt es nur noch einzelne Höfe, das Schiff nähert sich dem Landungssteg, dort taucht eine junge Frau auf und übergibt den Schiffsleuten zwei Pferde, die mit dem Kran auf Deck gehievt werden, dann fährt das Schiff wieder ab, und die Frau reitet davon, ins Leere.

Auf einer Insel werden ein paar Säcke voll toter Papageientaucher aufs Schiff geworfen, und ein Matrose beginnt sie während der Fahrt auszunehmen, er reißt ihnen mit blutverschmierten Händen das Fleisch aus dem Innern und hackt ihnen die Flügel ab. Ich kann nicht lange zusehen, die Vögel wirken so sympathisch, wenn sie in ihrem Watschelflug übers Meer vor dem Schiff davonrennen.

Die Kinder, die an den Landungsstegen warten, gehen alle ins Internat zur Schule, sagt die Köchin des Postschiffes, auch sie hat Kinder, und die sind nur im Sommer zu Hause.

Kleine Empfänge gibt es, für Ankommende, und einen großen Abschied für eine alte Frau, die innig umarmt wird von verschiedenen Angehörigen und nachher ins Schiff steigt, indem sie den Fuß zuerst auf einen Pneu setzt, und dann aufs Schiffsgeländer, und dann auf die Plane eines Campinganhängers, ständig von freundlichen Männerarmen gestützt und von den Zurückgebliebenen angefeuert.

In Vatnfjördur, wo ein Heuwender ausgeladen wird, der vorher am andern Fjordufer gebraucht wurde, sind drei Häuser und ein Kirchlein zu sehen. Hier sei, lese ich, im 13. Jahrhundert ein bedeutendes geistiges Zentrum gewesen, ein einflußreicher Ort. Aber sie haben nichts zurückgelassen, die Einflußreichen, genau wie in Skalholt, dem geistigen Zentrum Islands während mehreren Jahrhunderten. Das Holz der Klosterbauten ist verbrannt, die Erdbeben und die Vulkanausbrüche waren stärker. Der Mensch ist jederzeit aus Island wegzudenken.

Die Augen können hier Ferien machen und sich betrinken an dem, was nicht da ist.

Die Landschaft ist zu groß für Fotoapparate, immer, wenn ich knipsen will, ist links und rechts mehr drauf als auf dem Bildausschnitt.

Und die Menschen in den großen, leeren Landschaften?

Sie wirken selbstsicher, hier fällt jeder einzelne auf, der sich bewegt.

Aber ich kenne sie nicht.

Vielleicht träumen sie von Städten, in denen es auch nachts nie ruhig wird.

Im Süden Amerikas

São Paulo

Morgen reise ich nach Chile weiter und weiß nach einer Woche gar nicht, ob ich hier wirklich gewesen bin.

17 Millionen Einwohner hat diese Stadt, fast dreimal soviel wie das ganze Land, in dem ich wohne, und jeden Tag kommen über 1000 neue dazu.

Nachts auf der Terrasse des größten Hochhauses stehend, sehe ich kein Ende der Lichter in keiner Richtung, vielleicht bin ich in eine Milchstraße geraten.

Wie kann eine solche Stadt leben? Wie finden die Fische ihren Weg auf die Menükarte des Restaurants im 41. Stock?

Einer, der hier eine Versicherung leitet, erzählt mir, wie er sich verfahren hatte und sich plötzlich in einem Dorf an einem See fand, die Erdwege von Hunderten von Flamingos besetzt, und als er gefragt habe, wo er hier sei, habe man ihm gesagt, in São Paulo. Er hätte sich dann nach der Sonne orientieren müssen, um wieder zurückzufinden.

Wer zu seinem Haus zurückfindet, öffnet mit dem Fernbedienungsgerät ein schweres Garagentor und fährt so schnell wie möglich hinein. Manchmal stehen Kinder vor der Haustür und fragen nach alten Zeitungen oder leeren Flaschen, oder ob man etwas zu essen habe für sie. Vielleicht wohnen sie in einem Hüttendorf unweit des automatischen Garagentors und werden nie in ihrem Leben ein Restaurant im 41. Stock besuchen können. Favelas heißen diese Quartiere, und es sind keine guten Adressen. Ein Chauffeur, dem meine Bekannten eine Abkürzung empfehlen, die an einer Favela vorbeiführt, hat Bedenken, würde lieber einen andern Weg fahren, bis sie ihm sagen, wir seien schließlich zu viert.

Die Angst ist das verbreitetste Gefühl in der Milchstraße. Alle wissen Angstgeschichten zu erzählen, in den Zeitungen wird der Hergang von Raubüberfällen mit Zeichnungen comicartig rekonstruiert. Im Moment werden häufig junge Menschen zusammengeschlagen, denen man dann die Turnschuhe auszieht. Ein Lehrer der deutschen Schule wurde vor seiner Haustür niedergeschossen, weil er die Einbrecher nicht einlassen wollte, die ihm aufgelauert hatten, ein Schüler der Schweizer Schule wurde zu Hause von Einbrechern empfangen, denen er sämtliche Geräte vom CD-Spieler bis zum Fernseher ausführlich erklären mußte, bevor sie sie mitnahmen. Dabei bellen hinter jeder Gartenmauer Hunde, so böse, als hätten sie selber die größte Angst.

Aber gleich nach der Angst kommt die Fröhlichkeit. Als ich dem Taxifahrer sage, ich sei nun 5 Tage in Brasilien, wiederholt er lachend »cinco dias« und schlägt sich mit der Hand auf den Schenkel, und zwar auf meinen. Ich weiß nicht, ob er 5 Tage zu wenig oder zuviel findet, aber er freut sich einfach darüber.

Die Kinder im Hort der Favela, die ich besuche, sind begeistert über ein Zauberkunststücklein, das ich ihnen zeige, und das Kind meiner

Begleiterin wird augenblicklich von den Hortkindern zum Mitspielen eingeladen. Aber draußen werfen die jungen Schwarzen mit Messern gegen eine Holzwand. Das Leben in den Favelas ist dörflich, kleine Fußwege, ein Platz mit einer Wasserfassung, man kennt sich, man trifft sich, die Kinder spielen draußen. In den guten Quartieren spielen keine Kinder draußen, sondern sie werden mit Autos und Bussen in die Schule gebracht, die ebenso hohe Mauern hat wie die Häuser, in denen sie wohnen. Wäre das Leben in den Favelas nicht so unheilvoll mit Schmutz und Armut verbunden, es wäre menschlicher als das hinter den automatischen Garagentoren. Im Ambulatorium arbeitet jeden Nachmittag ein Arzt gratis, eine Affiche empfiehlt allen, den Stuhlgang untersuchen zu lassen, als Preis sind 2 Busbillette angegeben.

Alles wird laufend teurer, nur das Geld nicht. Ab morgen schlägt das Rauchen um einen Fünftel auf.

Eigenartig ist der Reportagestil im Fernsehen. Bei uns sieht man Bilder, und dazu kommentiert eine unsichtbare Stimme. Hier sieht man immer den Reporter, der der Kamera winkt, sie soll mitkommen, und dann geht sie schwankend hinter ihm her bis zur Stelle, an welcher es etwas zu sehen gibt. »Bericht« heißt hier »narração«, Erzählung. In einer Aktualitätensendung geht ein Reporter regelmäßig auf eine Polizeistation und fragt die frisch Verhafteten, was sie getan haben. Die einen verdecken ihre Gesichter und sagen nichts, die andern erzählen verlegen lachend, warum es beim dritten Tankstellenüberfall schiefgelaufen sei. Die Nachrichten selbst werden von den Moderatoren in die Kamera geschrien, als müßten sie Zeitungen auf der Straße verkaufen.

Vor dem Park Ibirapuera sehe ich eine Reihe von kleinen Ständen, an denen Wahrsagerinnen und Wahrsager sitzen, die einem aus Tarotkarten, Kristallkugeln, Runen oder Kaffeesatz oder einfach durch Handlesen Auskunft geben über das, was einem bevorsteht. Die Stände sind gut besucht, vor einigen gibt es sogar kleine Warteschlangen, und die meisten Leute erheben sich fröhlich von diesen Beratungen und schlendern wieder den Straßenschluchten zu, ganz so, als hätten sie eine Zukunft.

Valparaíso

Dies muß einmal der bedeutendste Hafen der südamerikanischen Pazifikküste gewesen sein. Auf Bildern der Jahrhundertwende ist die ganze Bucht voll von Schiffen.

Heute sind nur noch einige Kriegsschiffe zu sehen, die man nicht fotografieren soll, wie eine Tafel auf spanisch und englisch bekanntgibt, sowie ein großes Containerschiff mit dem Namen HUMBOLDT EXPRESS. Dazwischen ein paar kleinere Schiffe, deren Zweck weniger deutlich zu erkennen ist.

Ein Widerschein vergangener Größe spiegelt sich noch heute an den Abhängen, wo zwischen einfachen Bauten immer wieder englische Villen und slawische Türme hervorstechen, es ist noch etwas zu spüren vom Paradies der Formen und Farben, aus dem wir längst vertrieben sind.

Die Hänge hoch fahren Ascensores, die abenteuerlichsten Seilbahnen, die ich je gesehen habe. Es sind eigentlich kleine Holzbaracken, die auf einem dreieckigen Unterbau stehen und den Berg hochgezogen und hinuntergelassen werden. Zum Glück sehe ich das rostige Riesenrad, über welches das Zugseil läuft, erst oben.

Asche schwebt durch die Luft. In Valparaíso brennt es immer irgendwo, sagt mein Bekannter, der hier wohnt.

Dann gehen wir durch krumme Gäßchen hinunter, zwischen buntblühenden Sträuchern und Abfall, und tauchen in die Hauptstraße, durch die sich der ganze Verkehr drängt, Taxis, Lastwagen, Privatautos, Motorräder, buntblühende Autobusse.

Auf einmal stehen wir in einem Hauseingang, steigen Marmorstufen hoch und sind in einem phantastischen Treppenhaus mit riesigen Spiegeln und Holzschnitzereien. Gleich daneben zwei alte Hotels, die unbenutzt und mit zerbrochenen Fenstern dastehen, sie kommen mir vor wie invalide Bettler.

Und wieder mit einer Seilbahnbaracke in die Höhe. Die Bergfahrt kostet 10 Pesos mehr als die Talfahrt. Es gibt Kollektivtaxis, die durch die Straßen hochfahren, auch sie verlangen weniger fürs Hinunterfahren.

Ein Bau, kühn an den Hang geklebt, mit Stützbalken ins Leere verlängert, war früher die deutsche Schule, nur mit Schaudern stelle ich mir vor, es würden alle Schüler zugleich an den Fenstern stehen.

Die Stadt setzt sich nordwärts über den Fluß Marga-Marga fort und heißt ab da Viña del Mar. Die Flüsse in Chile haben oft Doppelnamen, Bio-Bio heißt einer weiter südlich, Llao-Llao ein anderer. Es sei das Pluralelement in der Indianersprache, sagt man mir, ich empfinde es eher als Element der Bewegung.

Zwischen Bussen und Autos sehe ich plötzlich zwei Indios, die zusammen auf einem Pferd sitzen. Zielbewußt und stoisch reiten sie über die Marga-Marga-Brücke, als seien sie hier zu Hause.

Und vor der Flußmündung die Pelikane. Träge erheben sie sich von den Riffen, fliegen zuerst knapp über die Oberfläche, steigen dann überraschend leichtflüglig höher und stürzen sich unvermutet ins Wasser. Sie tauchen nicht ganz unter, offenbar ist ihr Schnabel lang genug zum Erwischen einer Beute. Dann gibt es Möwen mit dem spitzen Namen piqueros, die fliegen zwischen den Pelikanen herum und lassen sich pfeilschnell ins Wasser fallen, wie Kunstspringer, tauchen ganz unter und sehen sehr zufrieden aus, wenn sie wieder auftauchen.

Südlich von Valparaíso, in Isla Negra, liegt in Leuchtturmlage am Pazifischen Ozean das Haus von Pablo Neruda. Während der Militärdiktatur war es geschlossen, nun ist es seit einem Jahr für Interessierte zugänglich. Ein Haus voll von Gegenständen, es wirkt immer noch bewohnt, von Gallionsfiguren, von Schmetterlingen, von Hunderterlei, das Neruda gesammelt hat. Ein Papier-maché-Pferd, das in seiner Kindheit vor einem Laden stand, an dem er täglich vorbeiging, hat er als erfolgreicher Erwachsener gekauft und restaurieren lassen, es bekam in seinem Haus ein eigenes Zimmer.

Einige seiner Kleider hängen noch an der Garderobe, als käme er gleich wieder nach Hause, auch Kopfbedeckungen, darunter weniger alltägliche wie ein Ehrendoktorhut und ein Tropenhelm. Wo seine Mütze sei, frage ich. Etwas verschämt sagt die Führerin, in der chemischen Reinigung.

Unter den Dichtern, die er aufgehängt hat, Poe, Jessenin, Lope de Vega, Gabriela Mistral. Auf seinem Arbeitstisch stand ein Bild von Baudelaire. Walt Whitman ist auch zu sehen, aber kein Autor deutscher Sprache.

Als Schreibtisch benutzte er eine Schiffsplanke, die eines Tages von der Brandung angespült wurde. Neruda, der jeden Morgen mit dem Fernrohr von seinem Bett aus auf das Meer hinausblickte, soll zu seiner Frau gesagt haben, schau mal, da kommt mein Schreibtisch.

Hier hat er wenige Tage nach dem Putsch von 1973 sein letztes Gedicht geschrieben, die schwere Anklage gegen Pinochet, ohnmächtig und stark wie eine Meereswelle, hier hat er aber auch das Gedicht geschrieben, das ich vor meinem Auftritt in Santiago las, als ich mich unbehaglich und unruhig fühlte, »Oda a la alegría«, in der er sagt, er hätte früher die Fröhlichkeit gering geschätzt, doch heute wisse er, er habe sich getäuscht, sie sei so nötig wie die Erde.

Rückflug von Buenos Aires

Einmal im Bauch des stählernen Vogels, hilft nichts mehr – er wird mit dir zu den Abkürzungen fliegen, die auf den Kofferetiketten stehen, BUE oder GRU oder ZRH.

Jetzt also von BUE nach GRU. GRU ist São

Paulo, oder wie es hier auf der Abfahrtstafel stand, San Pablo, denn in Buenos Aires sprechen die Menschen spanisch, auch wenn fast alle Vorfahren haben, die von woanders kamen als von Spanien.

»Somos Calabreses del fondo de nuestra alma!« rief heute ein Priester bei einer Feier im Freien für die Göttin Maria, sie seien alle Kalabresen aus tiefster Seele, und dann fuhr er auf italienisch fort, den Leuten zu sagen, sie sollten jetzt der Statue mit ihren Taschentüchern zuwinken, und dazu krachten trommelfellzerreißende Böllerschüsse, und überall lag der Geruch von gebratenem Fleisch in der Luft.

»Asado« nennen sie hier die Grillparties, die um diese Jahreszeit wieder beginnen. Bratwürste, Blutwürste und Fleischstücke werden grilliert, eröffnet wird das Essen mit den Würsten, von denen man leicht zuviel ißt, weil man sich soviel Appetit aufgespart hat, und zuletzt muß man die Filetstücke hinunterwürgen.

Wann die Revolution stattfinden solle, fragt der Satiriker Enrique Pinti, Samstag? Das gehe leider nicht, da müsse er zu einem Asado. Er spielt seine Revue »Salsa criolla« das siebente Jahr, Abend für Abend, Samstag und Sonntag zweimal. Er spricht in ungeheurem Tempo, ich verstehe allerhöchstens ein Fünftel von allem. Das Publikum ist sehr gemischt, eigentlich wundert es mich, daß soviel applaudiert wird, wenn er Argentinien als Scheißland und Hurenstaat apostrophiert.

Weniger Probleme habe ich mit dem Applaus für das Tangoensemble aus Musikern des Sinfonieorchesters, das einmal in der Woche über Mittag gratis im städtischen Kulturzentrum spielt. Die Begeisterung der Leute für die Musik, die offensichtlich die ihre ist, rührt mich, auch fällt mir auf, daß ich hier nicht auffalle, in dieser Stadt leben vor allem Europäer. Neben mir sitzt der einzige Schwarze, den ich im ganzen Saal sehe.

Jetzt schweben wir über dem Golf, der riesigen Mündung des Rio Paraná. Gestern bin ich ein Stück weit am Ufer entlanggefahren. Es ist fast durchgehend von Yachtclubs und Bootshäfen besetzt, und vom Abhang herunter blicken Gebäude, für die das Wort Villen schon zu tief angesetzt ist, sie sind semantisch und sozial zwischen Residenz und Palast anzusiedeln. Am Fuß der Hügel aber blubbern die grauenhaftesten Kloaken. Eigentlich heißt »Buenos Aires« »Gute Lüfte«, doch die Stadt hat kein Geld für Kläranlagen. Das Geld verwandelt sich hier in Segelboote und Residenzen, und irgendwie reicht es dann nicht mehr für die Bekämpfung des Übelriechenden. Ein reiches Land, das sich wie ein armes benimmt, sagt Pinti.

Im Vorortszug steigen dauernd Menschen ein, die etwas anpreisen und verkaufen, zu meinem Erstaunen finden sich sogar Käufer ab und zu, für Schokoladenriegel, Autogummispinnen, Rüstmesser und Kinderlesebücher. Alles ausgeraubte Lastwagenladungen, sagt ein Schweizer, der überzeugt ist, daß viele Arbeitslose einfach nicht arbeiten wollen. Mitten in der Schlange zur Bezahlung der Flughafentaxe steht eine Frau, die nicht zur Schlange gehört, sondern die mit leiser Stimme um ein Almosen bettelt.

Fliegen hat immer etwas Unwirkliches, ich habe das Gefühl, über einer Landkarte zu schweben. Da unten muß Uruguay sein.

Soviele Denkmäler in Buenos Aires. Pferde bäumen sich auf, Generäle stellen den linken Fuß vor. An den Sockeln vorbei rauscht der Verkehr, schwarze Wolken ausstoßend, ewig unzufrieden, hupend und knatternd.

In einem Park in der Nähe des Bahnhofs sehe ich 25 Marmortafeln mit je 25 Namen von jungen Menschen, die im Falklandkrieg umgekommen sind. Malwinen heißen diese Inseln für die Argentinier, und noch heute behauptet eine Tafel an der Autobahn beim Flughafen »Las Malwinas son argentinas«.

Kürzlich durften Angehörige der Gefallenen erstmals die Soldatengräber auf der Insel besuchen – die meisten hätten nach dem Besuch noch weniger begriffen, warum ihre Söhne sterben mußten.

Plötzlich ist es Nacht geworden.

Ich war drei Wochen in Südamerika unterwegs, bin in Goethe-Instituten und Universitäten und an Schweizer Schulen aufgetreten, habe in den Schulen auch mit einzelnen Klassen Sprachspielstunden gemacht, was den Kindern großes Vergnügen bereitete.

Dadurch hatte ich mehr mit Schweizern zu tun, als wenn ich touristisch gereist wäre. Meinen Landsleuten dort ist eines gemeinsam: sie erklären einem sehr bald, wieso das mit der Diktatur nicht so schlimm war, sei das nun in Argentinien oder in Chile. Zahlen, die ich nenne, bezweifeln sie – viele »desaparecidos« seien einfach abgehauen und hätten sich nicht mehr gemeldet, sagt einer. Diese Auskunft hat man den Frauen von der Plaza de Mayo auch gegeben, als sie nach ihren verschwundenen Söhnen fragten. Schweizer Söhne sind eben keine verschwunden. Es gibt Gespräche, in denen ich fast beweisen muß, daß überhaupt etwas passiert ist. Wieso sind denn die chilenischen Schriftsteller ins Exil gegangen, es ging doch deutlich besser in der Pinochet-Zeit? Zurückgekehrte Chilenen erzählen von den Schwierigkeiten und Anfeindungen, denen sie ausgesetzt seien. Ein zürichdeutsch sprechender junger Chilene sagt aber auf meine Frage, wie es ihm jetzt hier gehe, fröhlich und ehrlich, gut, sie seien eben gut aufgenommen worden.

Alle diese Länder sind bei der Schweiz verschuldet, zum Teil entsetzlich hoch, Brasilien beispielsweise mit 3,7 Milliarden Schweizer Franken. Aber die Beträge, welche die Schweizer Banken den Gläubigern dieser Länder schulden, sind bedeutend höher. Es ist das Yachtvolk, das sein Geld lieber bei uns anlegt als in Kläranlagen, und da haben wir nichts dagegen, schließlich hat die Bankgesellschaft in Buenos Aires ihre Büros nur einen Stock unter der Schweizer Botschaft, und im Parterre lockt die Swissair.

Nun tauchen die ersten Vorstadtlichter von São Paulo auf, bei Tage und von nahem dürfte es dort nicht sehr glanzvoll aussehen, aber jetzt wirken sie, als hätte ein Straßenverkäufer seinen Schmuck ausgebreitet, und ich möchte gerne einen Moment lang stehen bleiben, um ihn anzusehen.

Weit weg

In Australien wohnen 17 Millionen Menschen, gleichviel also wie in ganz São Paulo. Bloß ist Australien keine Stadt, sondern ein Kontinent.

Die meisten leben in Städten an der Küste. Wenige wohnen im unwirtlichen Landesinneren, und unter diesen wenigen die Ureinwohner.

Ich bin nur einem Ureinwohner begegnet, gleich zu Beginn meines dreiwöchigen Aufenthalts. Er hütete den Souvenirstand beim Parkplatz eines Freilandzoos, meine Gastgeber waren schon am Aufbrechen, ich wollte ihn nach der Dijeridoo-Musik fragen, die auf Kassetten angeboten wurde, aber als er hinter einem Vorhang verschwand, habe ich gedacht, ich treffe bestimmt noch weitere Ureinwohner, mit denen ich sprechen kann, und ging zum Auto.

Erst später habe ich gemerkt, daß dies mein Ureinwohner gewesen wäre und daß ich das Gespräch mit ihm verpaßt hatte.

Ich war nur in den Städten und in Tasmanien, wo ich einen Deutschkurs für australische Deutschlehrerinnen und Deutschlehrer gab, die alle aus den Städten kamen.

In Australien fürchten sich viele Leute davor, daß ihnen der leere Platz streitig gemacht werden könnte, von den nahen Asiaten zum Beispiel.

Als ich dort war, sind 34 Chinesen beinahe verhungert, weil sie in einem Boot an der Nordwestküste gelandet waren und während Tagen von niemandem entdeckt wurden, obwohl sie gekommen waren, um sich entdecken zu lassen. Wenn man sie wieder aufgepäppelt hat, wird man sie nach Hause schicken, falls sie nicht beweisen können, daß sie dort ernsthaft verfolgt werden. Das kommt mir bekannt vor.

Trotzdem sind die Asiaten im Vormarsch.

Im ethnischen Radiosender, der allen Volksgruppen zur Benützung offensteht, ist kürzlich die Sendezeit der Schweizer und Deutschen verkürzt und auf den Vormittag verlegt worden, wo ohnehin alle Schweizer und Deutschen arbeiten, und die bisherigen Abendtermine haben, wie der Schweizer Konsul halb belustigt, halb empört mitteilt, die Vietnamesen bekommen.

Es läuft hier eine Fernsehserie mit dem Titel »The Best of Embassy«, die in der australischen Botschaft eines asiatischen Landes spielt. Dieses asiatische Land, welches bananenrepublikanisch dargestellt wird, trägt so deutliche Züge Malaysias, daß sich der australische Außenminister neulich nach Kuala Lumpur begeben mußte, um sich für diese Fernsehserie zu entschuldigen. Er wäre in diesem Moment wahrscheinlich froh gewesen, hätte es in seinem Land keine Pressefreiheit gegeben, so daß er die Sendung hätte verbieten können.

Die weiße Bevölkerung, meint eine Australierin im Gespräch, werde wohl mit der Zeit ebenso in der asiatischen untergehen wie die Aborigines in der weißen.

Die älteste Australierin, eine Frau aus dem Stamme der Mungo, deren Skelett lange im

Völkerkundemuseum ausgestellt gewesen war, wurde soeben auf Wunsch dieses Stammes wieder dort beerdigt, wo sie schon vor 23 000 Jahren einmal beerdigt worden war. Es sei nicht gut für die Verstorbene, fanden die Ureinwohner, wenn sie nicht mehr dort sei, wo sie hingehöre, und sie bestatteten sie nochmals in allen Ehren, als ob sie gestern erst gestorben wäre.

Etwas beschämt denke ich an unsere Keltenskelette im Landesmuseum, für deren Seelenruhe ich mich nie verantwortlich gefühlt habe.

Eine Gruppe Aborigines hat am Australia Day das Parlament in Canberra besetzt, es aber zwei Tage später, nachdem man vier von ihnen verhaftet hatte, wieder verlassen.

Eine andere Gruppe von Ureinwohnern hat an diesem Festtag, dem 26. Januar, der an den Tag der Landnahme im Jahre 1788 erinnert, als Gegenstück zu den Paraden in der Melbourner Innenstadt auch eine kleine Feier abgehalten, und zwar am Strand. Ein Schifflein legte an, aus dem ein Kapitän in historischer Kleidung stieg und die englische Fahne feierlich in den Sand rammte, womit er das Land für die englische Krone beanspruchte. Darauf wurde er von den Ureinwohnern in sein Schiff zurückgejagt und wieder aufs Wasser hinausgetrieben. So, sagten sie, hätte die Geschichte eigentlich verlaufen müssen.

Sie ist aber nicht so verlaufen.

Die Geschichte verläuft unumkehrbar.

James Cook ist nach Australien gesegelt, damals, Columbus hat Amerika entdeckt, und nicht Montezuma Europa.

Es sei für ihn, sagt mir ein weißer Australier, der Gedanke an die tragische Geschichte der Aborigines und die Hoffnungslosigkeit ihrer Situation so schlimm, daß er den Kontakt mit ihrer Welt nicht suche, er wisse einfach nicht, was er damit anfangen solle.

Ihre Kunst ist bezaubernd. Sie geht davon aus, daß alle Menschen Künstler sind, und so sind die Kunstwerke häufig Gemeinschaftsarbeiten. Oft stellen sie einen Traum dar, von fliegenden Schildkröten oder von tanzenden Schlangen, oft einen Schöpfungsmythos, andere sind ohne Titel, bemalte hohle Stämme etwa oder geflochtene Matten. Ihre Motive haben aber längst in die Welt der Tragtaschen und der T-Shirts Eingang gefunden, als willkommene Ergänzung zum Souvenirangebot an Stofftieren und Akoprahüten, und wieviel von dieser Kunst noch gelebte Wirklichkeit ist, weiß ich nicht. Trotzdem berühren mich die Bilder, ihre Botschaft ist das Geheimnis des Lebens, der Mensch ist immer ein Teil der Natur, und nicht der größte.

Die Natur wird allerdings in Australien ebenso gnadenlos angegriffen wie anderswo. In Tasmanien, wo ich den schönsten tropischen Regenwald meines Lebens gesehen habe, kommen uns auf der Fahrt ins einsame Inselinnere als einzige Fahrzeuge Langholzlastwagen entgegen. Sie bringen frisch gefällte Eukalyptusbäume in die Papiermühle, wo sie zu Schnipseln verarbeitet werden, für den Export nach Japan.

Ein riesiger Stausee, den wir besuchen, gefällt mir solange, bis mir jemand ein Bild des alten Sees zeigt, der darin ersäuft wurde: in einem bewaldeten Tal ein See mit einem weißen Sandstrand, so weiß, daß er eigentlich nur einem Traum entsprungen sein kann. Nun führt er seine Existenz als Traum weiter, als versunkener Traum vom Unberührten. Der Kampf um diesen Traum hat vor zwanzig Jahren zur Bildung der tasmanischen Grünen geführt, und kürzlich haben sie ein zweites Stauseeprojekt dieser Größe verhindert.

Seltsam, daß Australien zu England gehört. Die Königin ist durch einen Gouverneur vertreten, der, wenn es ihm paßt, sogar die Regierung auflösen kann, was in den siebziger Jahren tatsächlich einmal einer getan hat. Viele Australier waren damals ähnlich empört wie die Schweizer Katholiken, als sie gemerkt haben, daß der Churer Bischof vom Papst im entlegenen Rom gewählt wird, und nicht von ihnen. Trotzdem gehört Australien immer noch zum Commonwealth, eine Meinungsumfrage, lese ich, ergab gerade eine Mehrheit von 58 %, die sich im Schatten der englischen Krone wohler fühlt als unter der direkten Sonneneinstrahlung der Unabhängigkeit.

In allen Kriegen dieses Jahrhunderts haben die Australier auf Seiten der Engländer und der Amerikaner gekämpft, überall auf der Welt, nur nicht in Australien. Als ich das Kriegsdenkmal in Melbourne, den Shrine, besuche, merke ich erst beim Hinuntergehen vom Hügel, daß das eigentliche Denkmal nicht der triste Bau ist, sondern die Bäume des Hügels. Jeder Baum wurde zur Erinnerung an ein bestimmtes Regiment gepflanzt, eine Tafel teilt jeweils mit, an welches. Unter manchen Bäumen liegen Blumenkränze, und da es Sommer ist, blühen viele Bäume.

Was er für Gefühle habe, frage ich einen ehemaligen Kriegspiloten, der erfolgreiche Romane über diese Zeit geschrieben hat, wenn er den Shrine besuche. Eigentlich, sagt er mir, sei er nur ein- oder zweimal dort gewesen und könne meine Frage gar nicht beantworten.

Dann, nach einer Pause, sagt er, er glaube, er gehe nächstens wieder hin.

Ich habe hier mehr Verbundenheit mit Europa, mehr Interesse an Europa und auch mehr Sehnsucht nach Europa angetroffen als etwa in Nordamerika. Man ist sehr weit weg hier, und ein Teil meines Deutschkurses wurde unversehens zur Gegenwartskunde, ich mußte Fragen beantworten über das normale Leben bei uns, über die EG, über die Flüchtlinge, das Militär, die Energie, die Arbeitslosigkeit.

Eine Woche nach dem Kurs begann hier die Schule. 800 000 Kinder, so war zu lesen, fingen die Schule wieder an. In der gleichen Zeitung las ich, daß 800 000 Menschen arbeitslos sind in Australien. Jeder dritte junge Mensch hat nichts zu tun, 26 000 Lehrerinnen und Lehrer haben keine Stelle, sie wußten also nicht, wohin gehen an diesem Morgen.

Trotzdem stoße ich immer wieder auf Optimismus und einen Zukunftsglauben, so unbekümmert wie die Muscheln der Oper von Sydney.

In Melbourne wollte ein Konzern ein Einkaufszentrum bauen, erhielt aber die Auflage, daß der historische Pulverturm auf dem Gelände erhalten bleiben mußte, worauf der Konzern das Warenhaus über und um diesen Turm herum baute, der nun das Zentrum einer riesigen Halle ist und in ein Restaurant umgewandelt wurde, womit er zur größeren Attraktion geworden ist, als er es vorher war. Ob wir vielleicht doch etwas zu pingelig sind mit unserm Denkmalschutz?

Tiere gibt es auf diesem Kontinent, die wirken wie Kuriere aus einer fernen Zeit, der geschäftige Ameisenigel, oder das schwimmende Schnabeltier, eine Art Biber, dem fast versehentlich ein Entenschnabel gewachsen ist, ein Prototyp, dessen Weiterentwicklung die Natur wieder aufgegeben hat, der watschelnde Fettmocken namens Wombat, dem so gut Sorge getragen wird, daß an entsprechenden Straßenrändern Verkehrstafeln mit der Warnung »Wombats crossing« stehen. Ein Wallaby-Känguruh hab ich gestreichelt im Wildlifezoo, sein

Fell war unwahrscheinlich weich, und zu meinem Erstaunen hab ich hoch oben in einem Wipfel ein Baumkänguruh sitzen gesehen. Die Koalas, reine Eukalyptusblätterfresser, die am liebsten in einer Astgabel hocken, sind gefährdet, eine rätselhafte Krankheit, heißt es, beeinträchtige die Fruchtbarkeit der Weibchen, es wird nach ihr geforscht, ich glaube sie allerdings zu kennen, die Krankheit, Zivilisation heißt sie, allgemein ausgedrückt, es ist dieselbe, die auch die Aborigines bedroht, und den tasmanischen Teufel gibt's nur noch auf Tasmanien, aber den tasmanischen Beutelwolf gibt's nicht einmal mehr dort, er wurde ebenso ausgerottet wie die dortige Urbevölkerung, 1938 wurde der letzte dieser Wölfe gesichtet, und gesichtet heißt erlegt. Er steht jetzt ausgestopft in einer Museumsvitrine in Hobart.

Dafür gibt's in Tasmanien eine schöne Universität, an der sogar Deutschkurse abgehalten werden, mit freilebenden Autoren, die kurzfristig aus Europa eingeflogen werden.

Ganz nah

Nun habe ich auch die Fichen bekommen, die bei der politischen Abteilung der Zürcher Stadtpolizei über mich geführt wurden, nachdem ich in den Fichen der Bundespolizei lesen konnte, daß »die diskrete Überwachung« meines Wohnsitzes in Uetikon angeordnet war, und nachdem mir der Nachrichtendienst der Kantonspolizei geschrieben hat, über mich bestünden »keine kantonalen Akten«. Der Charme der Schweiz ist ja diese heilige Dreifaltigkeit von Bund, Kanton und Gemeinde, staatsbürgerlich gesehen existieren wir alle dreifach, folglich werfen wir in allen unsern öffentlichen und halböffentlichen Angelegenheiten einen dreifachen Schatten, den Bundesschatten, den Kantonsschatten und den Stadtschatten. Allerdings wurde ich im Schreiben der Kantonspolizei darauf hingewiesen, daß ich allenfalls in den übrigen Akten ebendieser Polizei durchaus vorhanden sein könnte, und daß ich mich diesbezüglich beim Chef der Kriminal-Innenabteilung melden solle, der mir nach telefonischer Voranmeldung Einsicht »in die über Sie bestehenden Akten im Archiv der Kantonspolizei Zürich« gewähren würde. Also doch?

Das hab ich dann aber nicht getan, irgendwie kam ich mir nicht deliktisch genug vor, um mich bei der Kriminal-Innenabteilung nach mir zu erkundigen.

Was hat die Nachrichtenbeschaffer der Stadtpolizei an mir interessiert?

Ich habe, lese ich, beispielsweise einen Aufruf für Aufnahme politisch Verfolgter aus Argentinien unterzeichnet, Mitte der siebziger Jahre, ich habe auf dem Hechtplatz mein »gegen die AKW gerichtetes Straßentheater« »Der Erfinder« gespielt, ich bin auch auf dem Gelände des AKW Gösgen damit aufgetreten, das zwar außerhalb der Stadt Zürich liegt, sogar in einem andern Kanton, aber was man weiß, das weiß man, ich könnte ja auch wieder in Zürich damit auftreten, und dann wäre es gut, man wüßte schon, was man jetzt eben weiß, ferner bin ich in der »Krawall-Zusammenfassung A« erwähnt, was immer da zusammengefaßt wurde, ich habe an der Kundgebung »Solidarität mit dem Quartierzentrum Kanzlei« Gedichte und kurze Geschichten am Stadthausquai vorgelesen, ich war »Teilnehmer/Sänger« schon wieder in Gösgen, das offenbar doch zu Zürich gehört, aber ganz in Zürich war das Banquet républicain der Basisbewegung für gefährdete Asylsuchende, und bei der »Nichtbewill. Protestkundgebung gegen die Zwangsausschaffung von KURDEN-Flüchtlingen im STADTHAUS Zürich« waren ca. 10 Personen, darunter die Schriftsteller HOHLER/FRISCH und MEYENBERG, vornehm mit y geschrieben, und auch im März 89, als die Parlamentarische Untersuchungskommission schon längst an der Arbeit war und das politische Stoplicht für die Fichierungen schon mehrmals geschwenkt worden war, wurde ich noch als Mitunterzeichner des Vereins Städtepartnerschaft Zürich–Managua registriert, wer weiß, wie lange solch ein Stopsignal gültig ist.

Die subversiven Substantive sind also Unterzeichner, Mitunterzeichner, Schriftsteller, Sänger, oder schon nur, schlimm genug, meist als vernichtender Schlußpunkt einer Eintragung: Teilnehmer.

Es sind aber nicht diese Eintragungen, die mich am meisten verwundern, die passen ja ins einfache politische Hick-Hack-Schema, sondern es sind Eintragungen wie

01. 11. 79	Er schreibt im ›halbjahresheft für kultur und politik‹ »seegfrörni«, das vom AUTORENVEREIN FROST, 8581 Schocherswil herausgegeben wird.
01. 07. 80	»Nach 13 Jahren ist bei der Fourmière Schluß«. Er trat am Schlußfest der Fourmière am 24. 6. 80 in Zürich auf.
23. 10. 80	Gruppe Olten: Herausgabe des Buches »Die Zürcher Unruhe«. Gedichte von ihm.
19. 05. 81	Teilnehmer an der Tagung des Bil-

dungsausschusses der SP-Stadt Zürich, vom 13. 12. 80 im Volkshaus.

20. 12. 84 Stellt in der Züri Woche seine Lieblingsbücher vor. Es handelt sich je um ein Buch für die Frau, das Göttikind, den Freund und den Feind.

23. 02. 87 In der ersten Ausgabe der Zeitschrift EINSPRUCH hat Hohler als Autor mitgewirkt.

Von dieser Art Eintragungen gibt es noch mehr.

Wovon sprechen sie? Sie sprechen von der Kultur als Angelegenheit der Kriminal-Innenabteilung, von einer Kultur, die offensichtlich unmittelbar an der Vorbereitung des gewaltsamen Umsturzes beteiligt ist, karteiwürdig ist sie und observierungsbedürftig. »Gedichte von ihm« können vielleicht schon morgen verboten werden, und dann kann es nicht schaden, wenn die Gedichte schon heute in der Kartei sind, und auch seine Lieblingsbücher, für die Frau, das Göttikind und den Freund und den Feind. Den Feinden hab ich damals von Joseph Weizenbaum »Kurs auf den Eisberg« empfohlen – ob das die Männer, die den Staat vor mir schützen, wohl gelesen haben, nachdem sie sich doch auch zu meinen Feinden zählen mußten?

Zu etlichen Eintragungen sind noch die dazugehörigen kompletten Aktennotizen kopiert worden, und es fröstelt mich bei der Gründlichkeit, mit welcher die Kultur als solche beschattet wurde, immer wieder Namenlisten aller Teilnehmer, darauf zum Teil interessante Unterscheidungen zwischen bekannt und unbekannt. Ob ein Autor »bek.« oder »unbek.« ist, richtet sich nicht etwa nach seinem literarischen Bekanntheitsgrad, sondern einzig danach, ob sein Schatten schon einmal ins Archiv gefallen ist. So ist dem Verfasser der Aktennotiz über die Tagung des Bildungsausschußes der SP der Schriftsteller *Steiger*, Otto bek., der war ja in Moskau, und auch *Wyss*, Hedy hat sich schon unliebsam bemerkbar gemacht und ist bek., hingegen ist *Blatter*, Silvio unbek., ebenso wie ein gewisser *Lötscher*, Hugo, Journalist. Ursprünglich war er als Lörtscher eingetragen, dann hat ein Einsichtiger das r gestrichen, aber bek. war er ihm trotzdem nicht. Die Autoren von EINSPRUCH, die sorgfältig einzeln aufgeführt werden, sind entweder »bek.« oder »nicht ident.« *Marchi*, Otto oder *Mehr*, Mariella sind nicht ident., während *Johansen*, Hanna den erstaunlichen Status bek. jedoch nicht ident. kriegt. Ob sie überhaupt mit sich identisch ist?

In diesen Namenlisten treten wir als Verdächtige auf, als gesperrt Gedruckte, auf die es aufzupassen gilt, als Feinde. Daß die Diktaturen die Kultur fürchten, wußten wir. Daß auch die Demokratien die Kultur fürchten, haben wir befürchtet, aber eigentlich haben wir gehofft, *unsere* Demokratie, die älteste, die beste, wie immer wieder betont wird in den Festreden, fürchte sie etwas weniger. Dem ist nicht so, dem war nicht so.

12. 03. 79 Aussprache am 7. 3. 79 in Bern zwischen dem »Parlamentarischen Club für Kulturfragen« u. Vertre-

tern der Kultur. Teilnehmer (kabarettistische Einlage)

Ab wann ist eine Aussprache eine Verschwörung? Es genügt, daß die Kulturellen dabei sind, die gesperrt Gedruckten. Ob ein Treffen des Vororts für Handel und Industrie mit der Finanzkommission des Nationalrates auch registriert wurde? (Blocher, Chr.: kabarettistische Einlage)

Ganz nah dabei sind sie gewesen, und bei den Namenlisten geht mir manchmal die Frage durch den Kopf, die unangenehme: Wer hat sie eigentlich weitergegeben? Wie kam sie auf den Tisch der KK III? So hieß die nachrichtendienstliche Abteilung der Stadtpolizei, warum, weiß ich nicht, vielleicht ist es die Abkürzung für Kulturkommission.

Und zum Schluß noch ein weiterer Anlaß, bei dem ich mich sozial auffällig verhalten habe. Nachdem ich ein paar Jahre in Örlikon gewohnt habe, hatte ich Lust, einmal ein Fest zu machen für die Anwohner unserer Straße, ein Fest, bei dem alle aus ihren Wohnungen heraus kämen und sich zusammen an Tische auf der Straße setzen würden, zusammen essen und trinken würden, tanzen auch, denn Musik sollte da sein, auf einer Bühne, eigens dafür aufgestellt, unter farbigen Lichtgirlanden, und wer Lust hätte, würde eine kleine Produktion zum besten geben auf der Bühne, damit wir uns am Montag anders grüßen, weil wir am gleichen Fest waren, oder damit wir uns überhaupt grüßen, weil wir doch an derselben Straße wohnen, und nicht im Nowhereland von Züri-Nord.

Dieses Fest habe ich also zusammen mit dem TEAM 72, einer Arbeitsgemeinschaft für Strafentlassene, ebenfalls niedergelassen in dieser Häuserzeile, organisiert, und es wurde ein schöner und fröhlicher Abend, den wir seither fast jedes Jahr wieder organisierten und nach dem uns die Leute schon im Winter fragen, und wenn ich einmal nicht mehr genau weiß, wann wir das zum erstenmal gemacht haben, dann kann ich einfach in meiner Fiche der Kulturkommission der Stadtpolizei nachschauen, denn dort steht als drittletzte Eintragung

08. 06. 88 Verwaltungspolizei/Bewilligung: TEAM 72 und Franz Hohler. Anwohnerfest am 25. 6. 88 in Zürich 11, Gubelstraße.

Sind noch Fragen?

Am Himmel

Etwas Wunderschönes habe ich gesehen heute.

Als ich am Abend mit dem Velo vom Sternen Oerlikon nach Hause fuhr, flog ein großer schwarzer Vogelschwarm in die Gegenrichtung. Dann hielt ich beim Stop neben der Metzgerei und sah auf der andern Straßenseite zwei junge Leute in den Himmel schauen. Ich blickte auch nach oben, und da kam der Schwarm wieder, setzte zu einem langen Bogen an und brach nun in zwei Teile, indem sich ein Teil auf den Thujabaum fallen ließ, welcher zusammen mit einem zweiten mitten in den Häusern steht. Der weiterfliegende Rest teilte sich nochmals auf, es war wie eine unglaublich elegante, fließende Zellteilung, bei der die beiden neu entstandenen Einheiten nicht kleiner wirkten als der ganze Schwarm.

Zum Himmel aufschauend, dachte ich an das Velofahren in China, Hunderte von Radfahrern, und nie stoßen zwei zusammen, auch auf Kreuzungen nicht.

Die beiden haushohen und schlanken Thujas sind die Versammlungs- und Schlafbäume der Stare, wenn sie sich im Herbst zum Flug nach Afrika bereitmachen, und wenn sie im Frühling wieder, von unerklärlichen Kräften geleitet, nach Mitteleuropa-Alpennordseite-Schweiz-Kanton Zürich-Zürich-Oerlikon zurückkehren, um sich ihre Nistplätze zu suchen.

Vor dem Einschlafen schwatzen sie aber noch lange zusammen wie Kinder auf einer Schulreise, und wer in der Dunkelheit an den Bäumen vorbeigeht, schaut sich überrascht um, woher dieser Lärm kommt.

Die beiden Starenschwärme, die sich voneinander gelöst hatten, machten jetzt eine gegenläufige Kreisbewegung und kamen fast gleichzeitig bei den zwei Thujabäumen an, um sich ebenfalls auf ihnen niederzulassen.

Und wie nun der ganze, mehrfach geteilte Schwarm vereint und gut versteckt im Geäst saß, nachdem jeder Vogel sofort seinen Platz gefunden hatte, als wären die Zweige numeriert, und sich die Stare miteinander über den abgelaufenen Tag zu unterhalten begannen, dachte ich beim Weiterfahren, wenn diese Bäume je gefällt werden sollten, würde ich mich an sie anketten.

Da, wo ich wohne

Da, wo ich wohne, im zürcherischen Stadtteil Oerlikon, wurden vor ein paar Tagen zwei erwachsene Männer, als sie kurz nach Mitternacht den Marktplatz überquerten, von drei Jugendlichen mit Baseballschlägern niedergeknüppelt und ausgeraubt. Das habe ich in der Zeitung gelesen, wie eine Nachricht aus einer fremden Stadt. Erst beim zweiten Blick habe ich gesehen, daß das da war, wo ich wohne. Ich gehe oft über diesen Platz, auch nach Mitternacht noch, und ich bin nie auf den Gedanken gekommen, mich zu fürchten.

An einer Ecke des Platzes befindet sich eine Apotheke, und diese Apotheke wurde vor ein paar Wochen von einem jungen Mann überfallen. Mit vorgehaltener Pistole befahl er den anwesenden Kunden, auf den Boden zu knien, und ließ sich vom Apotheker das Geld aus der Kasse aushändigen, möglicherweise auch noch die vorrätigen Betäubungsmittel. Ich weiß es nicht mehr genau, ich selbst kaufe in einer anderen Apotheke ein und habe diese Nachricht in der Zeitung gelesen. Der Räuber, stand weiter, sei zu Fuß zum Warenhaus Jelmoli geflüchtet und dort unauffindbar verschwunden.

Kurz darauf erzählte mir ein Freund, daß da, wo ich wohne, in der Parallelstraße, ein Passant von vier Männern zusammengeschlagen worden sei. Mein Freund, der in dieser Parallelstraße zu Hause ist, hatte dies in der Zeitung gelesen und fragte mich, ob ich wüßte, wo genau es passiert sei, aber ich wußte es nicht. Niemand hatte mir davon erzählt.

Letzthin, als ich da, wo ich wohne, in die S-Bahn stieg, fiel mir ein junger Mann auf, der aus meinem Zug auf der falschen Seite ausstieg und über das Geleise auf das nächste Perron rannte. Gleich danach wollte eine verzweifelte ältere Frau hinter ihm her rennen, wurde aber von andern Passagieren zurückgehalten. Sie schrie laut, weil der Dieb mit ihrer Handtasche quer über alle Geleise und Perrons auf die hintere Seite des Bahnhofs spurtete, und zwei Burschen, die sich aufgemacht hatten, ihn zu verfolgen, ließen wieder davon ab, weil sie hoffnungslos zu spät waren.

Und so sind wir alle überrascht und reagieren ein bißchen zu spät, und auch ich kann mich noch nicht daran gewöhnen, daß es so rasch New York und São Paulo wird, da, wo ich wohne.

Inhalt

Ein Tischchen

Wer unsere Wohnung betritt, steht zuerst in einem Vorraum, aus dem fünf Türen in die weiteren Räume führen.

In diesem Vorraum steht oft ein Tischchen, das ich als Student im Brockenhaus gekauft hatte. Es steht dort so unauffällig, daß ich es oft tage-, ja wochenlang gar nicht wahrnehme, und wenn mich jemand fragen würde, was im Vorraum unserer Wohnung alles steht, wäre ich nicht sicher, ob dieses Tischchen wirklich dazugehört.

Es ist aus Holz, hat vier gedrechselte, voneinander wegstrebende Beine und zwei quadratische Tischplatten, eine dort, wo Tischplatten eben sind, und eine zweite weiter unten, zwischen den vier Beinen. Die obere Tischplatte, die mit eingekerbten Blumenmustern verziert ist, war einmal gespalten, und ich habe sie leimen lassen. Sie bietet sich an als Abstellfläche für Dinge, die man gerade in der Hand hat, wenn beispielsweise das Telefon läutet oder die Hausglokke, oder wenn der Hund hinauswill, oder wenn einem sonst noch etwas in den Sinn kommt, das ohne Aufschub erledigt werden muß.

Zur Zeit haben sich auf der oberen, übrigens ziemlich kleinen Tischplatte, die eher eine Tischchenplatte ist, ein Wort, das seltsamerweise so wenig im Gebrauch ist wie Tischplättchen, das aber in diesem Fall zutreffend wäre, auf dieser Tischplatte haben sich zur Zeit, nämlich Anfang November, folgende Gegenstände angesammelt.

Ein großformatiges Buch von Oskar Marti mit dem Titel »Die Natur im Kochtopf«. Der Verfasser, auf dem Umschlag im Gras kniend abgebildet, ist auch als »Kräuter-Oski« bekannt, und nach seiner Rezeptsammlung koche ich manchmal zwischen Frühling und Herbst etwas, das von meiner Familie mit mißtrauischen Gesichtern gegessen wird, das kann ein Brennesselgratin sein oder ein Holundersoufflé oder sonst etwas, dessen Ingredienzien unser verwilderter Garten anbietet.

Auf dem Buch liegt die zerknitterte Quittung meines Aufenthaltes auf der Finsteraarhornhütte. Beim Auspacken des Rucksacks Ende August muß ich sie hierhergelegt haben und mochte sie offenbar nicht sofort wegwerfen. Ich habe für mich und meinen Sohn den »Tarif für Nichtmitglieder ab 20 Jahre« bezahlt.

Auf der Quittung liegt, geschützt durch eine weiterverwendete Plastikhülle für 10 Papiertaschentücher »mit Duo-Faser-System«, die normalen also, meine Reiserasierseife, die ich kürzlich erfolglos gesucht habe. Mit dem hinteren Ende stößt sie auf ein kariertes, zusammengefaltetes Küchentuch, das wir zum Abtrocknen brauchen und für dessen Dialektbezeichnung »Abtröchnitüechli« mir kein angemessenes hochdeutsches Äquivalent einfallen will.

Wie das Tüchlein und die Rasierseife an diesen Platz gekommen sind, kann ich mir nicht erklären, aber da sind sie. Gleich daneben liegt ein weißes Playmobilmännchen auf dem Rükken und streckt Füße und Hände nach oben. Meine Söhne sind beide erwachsen, aber die

Spuren ihrer Kindheit sind noch nicht ganz verwischt, immer wieder tauchen solche Männchen auf, in Schubladen der Badezimmerkommode oder zuunterst in Früchteschalen oder in einer Ecke des Balkons, von Estrich und Garten ganz zu schweigen. Ein Stück farbiger Schnur läuft ihm zwischen den Händen durch, dem vergessenen Botschafter der Kindheit. Ein Überrest vom Zeitungspapierverschnüren? Es ist nicht einmal mehr lang genug, um einen Abfallsack zuzubinden.

Vor dem Rücken des Kräuterkochbuchs ein zweiter, ausgestreckter gelber Playmobilmann, dahingestreckt geradezu, durch einen schwarzen Edding-2000-Filzstift, der wie eine Keule auf seinem Bauch ruht.

Ein Plastikfläschchen, halb gefüllt mit Wasser, verschlossen mit drehbarem Deckel, stellt alle Familienmitglieder vor ein Rätsel. Vielleicht, meint mein älterer Sohn, sei einmal ein Bleichmittel für die Haare drin gewesen. Das wären dann seine Haare, mit andern Worten, er ist schuld, daß das Fläschchen dasteht.

Im weiteren: Zwei kleine Fahrradsatteltaschen mit dem Erste-Hilfe-Werkzeug für einfache Pannen, Schraubenschlüssel, Reifenklebeset und dergleichen. Von denen weiß ich allerdings genau, warum sie daliegen. Der hellgrauen Tasche ist eine Anhängeschlaufe gerissen, am Sattel des Velos meiner Frau, und ich wollte ihr das von früheren ruinierten Velos her noch vorhandene Ersatzsatteltäschchen montieren, und dann muß irgendeine Störung eingetreten sein.

Daran angelehnt ist eine alte Fahrradnummer. Die habe ich einmal hingelegt in der Absicht, die Größe des Loches zu messen, damit ich im »Do it yourself« eine exakt passende Schraube samt Mutter holen kann, denn für meine letzte Nummer, die ich ersetzen mußte, fand ich in meinen Vorräten keine wirklich passende Schraube, sondern bloß eine, die ein bißchen zu dünn ist, so daß ich immer wieder mit den Fingern hinter den Gepäckträger greifen muß, um die Schraubenmutter frisch anzuziehen.

Seit wann das Malerklebeband halb auf dieser Nummer liegt, weiß ich auch nicht, aber so etwas braucht dauernd irgendjemand.

Unter dem Klebeband entdecke ich eine grüne Wäscheklammer, und darunter wiederum eine Karte, die mich zum Abholen meiner frisch hergerichteten Lederjacke auffordert. Sie ist drei Wochen alt, die Karte, ich laufe in der Zwischenzeit schon lange wieder mit der Lederjacke herum, erinnere mich aber jetzt, daß ich damals vergeblich nach dieser Karte gesucht hatte, um sie mitzubringen.

Das Satteltäschchen mit der gerissenen Halterung ist benachbart mit zwei Musikkassetten, die ich im September in Stockholm geschenkt bekommen habe. Die eine enthält die »Pastoralsvit« von Lars-Erik Larsson und symphonische Dichtungen von Franz Berwald, auf der andern würden mich nordische Volkslieder erwarten, wenn ich sie einmal dem Dornröschenkuß des Abspielkopfes preisgeben würde. Bis jetzt liegen die unerlösten Tonträger in stummem Tiefschlaf in ihren durchsichtigen

Plastiksärgen, dabei könnten sie unsern Wohnzimmerboden zum Erzittern bringen. Wie ein ganzes Orchester auf ein paar Millimetern eines Kunststoffbändchens Platz findet, werde ich nie verstehen.

Unter den Kassetten aber liegen, die eine Ecke der Tischplatte überragend, zwei Prospekte für diese Fensterrouleaus, durch welche wir schon lange die Vorhänge in unsern Schlafzimmern ersetzen möchten. Die Maße sind genommen, die Farben besprochen, aber dann müssen die verschiedensten Ablenkungsmanöver stattgefunden haben, denn in unserm Schlafzimmer hängen immer noch die alten Vorhänge.

Weshalb allerdings eine Rolle »Spezialgarn für Doppelmaschinen« hinter den Kassetten steht, weiß ich wirklich nicht mehr, ich weiß nicht einmal, wofür man so etwas brauchen kann. Hingegen ist die leere tibetanische Kupferschale daneben eigentlich ein kostbares Gefäß, wir haben sie etwas unter ihrem Wert benutzt, um den Schnurklüngel darin aufzubewahren, mit dem wir die alten Zeitungen bündeln, und offenbar ist dieser Schnurklüngel zu Ende gegangen. Halb darunter verborgen vier Reißnägel, mit denen ich manchmal ein Gedicht im Vorraum aufhänge, einige offene Bostitches aus einer Bostitch-Pistole, ein Ricola-Kräuterbonbon, das mir einmal beim Besuch eines Konzerts zu Werbezwecken zugesteckt wurde, ein braunes Eichenblatt, unter dem ich einen braunen Farbstift hervorziehe, der an beiden Enden gespitzt ist, und ein Rubbelkärtchen von »Pick Pay«, gewinnlos abgerubbelt von meinem jüngeren Sohn, wahrscheinlich, und all diese Gegenstände warten hier auf ihre Einordnung, auf ihre Verwendung, oder mindestens auf ihre Weiterbeförderung, die durch niemand anderes geschehen kann als durch jemanden von uns, und natürlich gibt es immer etwas Wichtigeres zu tun, als vier Reißnägel von einer Tischplatte zu klauben und im Werkzeugschrank im Reißnagelkarton zu versorgen, und wenn wir jetzt vom Ausbruch des Vesuvs überrascht würden wie in Pompeji, oder wenn wir in zwei Stunden unser Haus verlassen müßten wie die Bewohner von Pripjat bei Tschernobyl, dann bliebe all das einfach liegen, wer weiß, wie lang, Jahrhunderte womöglich, jedoch die Archäologen späterer Zeiten, sage ich mir, würden zwar ihre Mühe haben mit der Erklärung der Pick Pay-Rubbelkartenniete, aber sie würden an dieser Tischplatte womöglich besser als an einem sauber aufgeräumten Schrank erkennen, daß hier tatsächlich einmal Menschen gewohnt haben.

Franz Hohler, geb. 1943, lebt als Kabarettist und Schriftsteller in Zürich. Er ist Autor von Einmannprogrammen, satirischen Sendungen für Fernsehen und Radio, er hat Schallplatten aufgenommen und Theaterstücke, Gedichte und Erzählungen geschrieben. Vom Grundsatz, Romane nur für Kinder zu schreiben, ist er abgewichen. 1988 erhielt er das Hans-Christian-Andersen Diplom für seine Kinderbücher. Zuletzt erschienen im Luchterhand Literaturverlag: »Der Mann auf der Insel«, Ein Lesebuch, 1991; »Der neue Berg«, Roman, 1989 (SL 1003) und »Wo?« (SL 910).

Franz Hohler im Luchterhand Literaturverlag

Ein eigenartiger Tag
Lesebuch. Sammlung Luchterhand 457

Das Kabarettbuch
Mit zahlreichen Szenenfotos
296 Seiten. Gebunden

Der Mann auf der Insel
Ein Lesebuch
160 Seiten. Gebunden
Neue Erzählungen aus unserem Alltag, der längst die Züge eines Alptraums angenommen hat.

Der neue Berg
Roman
440 Seiten. Gebunden
Der Alltag bekommt Risse und die Natur schlägt zurück. Ein ungewöhnlich hellsichtiges Buch.

Der Rand von Ostermundingen
Geschichten. Sammlung Luchterhand 134

Die Rückeroberung
Erzählungen. Sammlung Luchterhand 479

Franz Hohler, geb. 1943, lebt als Kabarettist und Schriftsteller in Zürich. Er ist Autor von Einmannprogrammen, satirischen Sendungen für Fernsehen und Radio, er hat Schallplatten aufgenommen und Theaterstücke, Gedichte und Erzählungen geschrieben. Vom Grundsatz, Romane nur für Kinder zu schreiben, ist er abgewichen. 1988 erhielt er das Hans-Christian-Andersen Diplom für seine Kinderbücher. Zuletzt erschienen im Luchterhand Literaturverlag: »Der Mann auf der Insel«, Ein Lesebuch, 1991; »Der neue Berg«, Roman, 1989 (SL 1003) und »Wo?« (SL 910).

Franz Hohler im Luchterhand Literaturverlag

Ein eigenartiger Tag
Lesebuch. Sammlung Luchterhand 457

Das Kabarettbuch
Mit zahlreichen Szenenfotos
296 Seiten. Gebunden

Der Mann auf der Insel
Ein Lesebuch
160 Seiten. Gebunden
Neue Erzählungen aus unserem Alltag, der längst die Züge eines Alptraums angenommen hat.

Der neue Berg
Roman
440 Seiten. Gebunden
Der Alltag bekommt Risse und die Natur schlägt zurück. Ein ungewöhnlich hellsichtiges Buch.

Der Rand von Ostermundingen
Geschichten. Sammlung Luchterhand 134

Die Rückeroberung
Erzählungen. Sammlung Luchterhand 479

Franz Hohler im Luchterhand Literaturverlag

Tschipo und die Pinguine
Kinderroman
Mit Zeichnungen von Arthur Loosli
192 Seiten. Gebunden

Vierzig vorbei
Gedichte
96 Seiten. Broschur
Noch nie hat dieser Autor so offen, so klar und schnörkellos von sich und dennoch stellvertretend für viele seiner Altersgenossen gesprochen.

Wo?
Prosa. Sammlung Luchterhand 910

111 einseitige Geschichten
Hg. von Franz Hohler
Sammlung Luchterhand 458

Franz Hohler
Texte, Daten, Bilder
Hg. von Michael Bauer und Klaus Siblewski
Sammlung Luchterhand 1038
Franz Hohler ist einer der eigenwilligsten Künstler unter den Autoren heute. Sein Leben und Werk werden hier zum erstenmal vorgestellt.